CARNET D'UN MONDAIN

2ème ANNÉE

PAR ÉTINCELLE

PARIS

E. D. ROUVEYRE, G. BLOND

ÉDITEURS

98. R. DE RICHELIEU

1882

CARNET

D'UN

MONDAIN

II

Carnet

D'UN

MONDAIN

DEUXIÈME VOLUME

Gazette Parisienne, Anecdotique et Curieuse

PAR

ETINCELLE

Illustrations en noir et planches en couleurs

Composées par A. Ferdinandus

PARIS

ED. ROUVEYRE ET G. BLOND

LIBRAIRES-ÉDITEURS

98, Rue de Richelieu, 98

1882

LES HIRONDELLES

QUE de poèmes, d'élégies et de madrigaux — sans oublier les romances — elles ont inspirés, ces charmeuses aux longues ailes noires !

Combien de rêves les ont suivies quand elles s'élançaient jusqu'au fond du ciel ; combien de cœurs solitaires, douloureusement séparés, leur ont envié leurs envolements et leur liberté !

Elles sont à la mode, celles que saint François d'Assise appelait : « Sœurs Hirondelles ». Notre siècle pratique redevient poète et enfant pour les regarder. Rapides comme l'étincelle, ce sont des dépêches vivantes, qui portent à l'Orient des nouvelles de l'Occident; sombres, avec leurs grandes ailes fines, elles font, en masse, sur le ciel bleu pâle, des mouchetures d'hermine pareilles au blason de Bretagne. Les artistes les groupent sur les castels gothiques. Point de châteaux sans hirondelles. Affolé de mouvement et de changement, l'esprit du jour les chérit plus que la colombe amoureuse et constante.

Caprice ailé, âme tournoyante, flamme qui s'agite au-dessus de nos fronts, tête mignonne où brillent des yeux faits d'un petit morceau d'étoile. Errante, voltigeante et joyeuse, ainsi souvent est l'idole préférée. Ainsi l'injustice de la passion l'emporte vers l'impossible, sans souci du vrai et du réel, elle se jette éperdue dans les songes, suivant l'insaisissable, se brûlant à ce rayon qui vole, appelant cette âme fantasque, cette fleur noire qui s'enfuit, ce sylphe railleur et magique qui, dans des cercles enferme l'être et se sauve et veut rester libre! Cet oiseau, semblable à une fusée qui n'a pas de cœur, — c'est trop lourd! — et n'est fait que de deux longues ailes pour disparaître et revenir — pour revenir et disparaître, qui n'a soif que de l'eau des nuages et meurt enfin si on l'enferme!

Trois femmes avaient pris l'hirondelle pour emblème : Mme de Sévigné, avec cette devise spirituellement tendre : *Le froid me chasse,* — la reine Christine de Suède avec ces mots :

Pour chercher mieux. Mme de Staël exilée, écrivant à ses amis de France : *Je l'envie* (*Invidio*).

Les éventails de cette année portent une grande hirondelle glissant sur un ciel de moire ou de satin.

Les porte-monnaie à hirondelles disent : l'argent file, et les portefeuilles : l'amour s'envole.

Hier, les sœurs hirondelles ont obéi à leurs lois.

Le matin, par un ciel triste, tandis que flottaient sur la vallée de longs nuages grisâtres, tordus comme des écharpes trempées de larmes, les

hirondelles sont parties ! Au petit jour, serrées les unes contre les autres, poussées par le vent déjà fraîchissant du Nord, elles se sont lancées hardiment dans l'incertain du long voyage.

Et, depuis, la campagne est devenue morose, le ciel désert et sans voix ; les claires eaux des étangs se sont voilées de feuilles mortes pour pleurer les gais ricochets de ces petites ailes qui faisaient voler des gouttes d'argent au clair soleil d'été.

Et j'ai compris que l'automne était là, que là-bas dans le Nord s'amoncelaient déjà les neiges de janvier et que bientôt nous n'aurions plus à cueillir que le chrysanthème, la fleur des veuves et des hivers, et la pâle rose de Noël, ce dernier sourire de l'année!

Petites hirondelles, vous reviendrez du moins. Du moins, vous partez toutes à la fois d'un seul coup d'aile et d'un seul arrachement de cœur. La nature n'a qu'à vous pleurer une fois toutes ensemble. Notre vie, à nous, pauvres humains, se passe au contraire tout entière à pleurer les hirondelles qui nous quittent l'une après l'autre.

On a vingt ans; on aime, on croit; et puis, un beau jour, on s'aperçoit qu'on ne croit plus et qu'on n'est plus aimé. C'est une hirondelle qui part.

On a trente ans, de l'ambition, l'orgueil de se faire un nom; un coup de vent arrive, une révolution survient; c'en est fait. Encore une hirondelle envolée!

On se réveille un jour avec les cheveux gris, le front ridé, la jeunesse est passée; hirondelle adorable que rien ne nous rendra!

Autour de nous tout disparaît successivement, et les âmes aimées nous quittent peu à peu ; chères hirondelles du cœur !

Et de départ en départ, toutes les hirondelles s'enfuient devant l'hiver de la vieillesse ; ni cage,

ni barreaux n'y font ; ni larmes, ni regrets n'y peuvent rien. Dieu veut que les hirondelles partent quand le froid arrive.

Nulle ne reste — pas même la plus chérie, l'hirondelle couleur de rêve, l'hirondelle bleue d'amour — car si, seule parmi ses sœurs, l'homme gardait celle-là, il ne croirait plus à la vieillesse ni à la mort.

Penserait-on que l'hiver existe si l'on voyait dans l'azur profond du ciel, malgré la gelée d'un matin de janvier, voler une seule hirondelle ?

LES MONDAINES

TOUTES les femmes à qui le ciel a accordé des loisirs, éprouvent le besoin d'occuper leur oisiveté.

Les unes la consacrent généreusement à des œuvres de charité. C'est le bataillon sacré des mondaines dignes de nos plus grands respects, parmi lesquelles figurent au premier rang, les duchesses de La Rochefoucauld-Doudeauville, de Noailles, de Mortemart, de Chevreuse, de Maillé, de Galliera, la vieille princesse Czartoriska et les jeunes princesses, la marquise de La Guiche, la comtesse de Kersaint, enfin le livre d'or de la charité française.

Les autres, tout en réservant la part des pauvres, donnent au culte des arts le plus de temps possible.

La baronne Nathaniel de Rothschild, la princesse Mathilde, la marquise d'Hervey de Saint-Denis, sont des peintres distingués. La duchesse de Luynes marche sur leurs traces. Qu'est-ce que Mme Madeleine Lemaire, sinon une femme du monde, devenue grande artiste ?

Chacun sait que la duchesse Colonna était un sculpteur remarquable. Que de fois j'ai vu passer dans ses yeux bleus, si tôt fermés, les lueurs de l'inspiration ! Quelle séduction il y avait dans cette belle personne qui joignait aux grâces fières de la femme de race, l'entrain d'un gamin heureux !

C'est un honneur pour M. Thiers d'avoir été l'ami de Marcello. Quand elle se mourait de la poitrine sur la plage de Cannes, M. Thiers lui écrivait souvent. Ses lettres finissaient invariablement par ces mots : « Je crois qu'un peu d'amour vous ferait plus de bien que tous les remèdes des médecins. »

C'est authentique, j'ai vu les lettres.

Pauvre Marcello ! elle avait trop de valeur et de sincérité pour être réellement aimée.

Un sceptique de ma connaissance a écrit cette maxime :

« Nous aimons les femmes pour leurs vices ; leur perfection nous humilie. »

D'autres femmes, en petit nombre, s'occupent

de littérature. Mme Craven, née de la Ferronnays, Mme d'Haussonville (sous le voile de l'anonyme), Mme de Gasparin, Mme de Flavigny, Mme de Molènes (le spirituel Ange Bénigne de la Vie parisienne), Mme de Mirabeau, la marquise de Bloqueville, tiennent la plume avec autant de grâce que l'éventail. Quelques autres se cachent sous des pseudonymes si prismatiques qu'il est impossible de les découvrir. Que ces dames me pardonnent de citer à propos des femmes du temps, un mot de Mme de Girardin.

On s'étonnait devant elle de la variété des

thèses soutenues par George Sand dans ses romans. — Buffon, s'écria-t-elle, n'a-t-il pas dit : « Le style c'est l'*homme*. »

Il y a encore les femmes politiques. Je ne les nommerai pas. Je n'aime ni la politique de femmes — ni les femmes pour politiques — ni les politiques pour femmes. D'ailleurs ces dames m'en voudraient de les désigner, l'âge de la politique n'étant plus celui des amours.

Je préfère rendre hommage aux femmes qui, à Paris dans les salons, et à la campagne dans leurs châteaux, s'occupent, sans prétention, de recevoir agréablement leurs amis et leurs invités. De ce nombre était la marquise de La Tour-du-Pin, née princesse de Monaco, la plus exquise vieille femme du monde. La marquise de Talhouët recevait beaucoup et à merveille avant la maladie du marquis. Je nommerai encore la duchesse de Luynes, la duchesse de La Rochefoucaud-Doudeauville née Colbert, la duchesse de Mouchy, la duchesse de La Trémouille, la princesse de Metternich, la princesse Hohenlohe, la marquise d'Espeuilles, à Saint-Honoré ; comtesse d'Olliamson, en Bourbonnais ; la duchesse de Vallombrosa, à Cannes ; la princesse de Wagram, à Grosbois ; la princesse de Beauvau, née Gontaut-Biron, Mme Drouyn de Lhuys, à Paris.

Je ne dois pas oublier Mme la duchesse de Chartres, si gracieuse et si naturelle dans ses manières et dans son esprit.

L'Angleterre a produit une nouvelle catégorie

de femmes. — Les *P. B.* ou *professionnal beauties.* — Ce sont des femmes reçues dans le meilleur monde, qui n'ont d'autre occupation que d'être

belles, d'autre ambition que de le rester, et d'autre plaisir que de se l'entendre dire.

Pour toutes les grandes réunions mondaines : bals, ventes de charité, garden-parties, il est essentiel d'inviter une ou plusieurs de ces étoiles.

L'aristocratie les accueille avec enhousiasme, et pour beaucoup d'entre elles, la grâce de leur visage, leur tient lieu de blason.

Je crois qu'en France, les *P. B.* trouveraient facilement des émules. Et j'avoue que je ne puis blâmer cette athénienne admiration qui s'incline devant les œuvres les plus adorables du Créateur.

La reine des P. B. est la comtesse Dudley, puis viennent : la marquise de Tweesdale, Mme Livingstone Thompson, Mme Langtry, surnommée le lys de Jersey, Mme Cornwallis West, et tout une pléiade de jeunes femmes et de jeunes filles dont les grâces rivales sont telles qu'il faudrait à Paris un plein panier de pommes.

On doit au *White Hall Review*, ce journal préféré de la haute société anglaise, une innovation charmante. Il publie chaque semaine le portrait, fait d'après nature, d'une de ces jolies femmes passées en revue par le crayon du chevalier Desanges, le très bien nommé en cette occasion.

UN JOUR DE PLUIE

On n'a pas encore imaginé de régler les genres de conversations d'après la température.

L'état du ciel cependant commande à l'esprit. Dans les belles matinées brûlantes de soleil, embaumées, grisées par les senteurs des bois et des fleurs, la rêverie est permise et les rares paroles sont coupées de longs silences. Personne ne s'en aperçoit; les rayons, les oiseaux, les insectes tiennent compagnie. Dans une confuse harmonie de chansons et de murmures, on entend la réponse à ses pensées. Les soirs d'été, avec leurs astres s'allumant tour à tour dans la profondeur bleue du ciel, évoquent les idées d'immortalité et d'espérance. Tous les yeux se lèvent vers les étoiles.

Ceux qui doutent et ceux qui croient.

On ne cause pas très haut. Il y a un charme à demi solennel dans cette belle heure du soir où la terre et les nuages se rapprochent et paraissent se toucher. Certaines paroles échappées à l'innocence d'une jeune fille, à la gravité d'un vieillard prennent l'accent d'une prière — prière inconsciente et par cela même plus touchante.

Si l'âme sent ses ailes, c'est à ce moment-là. L'infini l'enveloppe, la réalité s'efface. Tout devient immatériel; le plus délicieux oubli des choses ne laisse de place qu'aux poésies.

Quelques instants plus tard, la nuit règne en souveraine absolue. Elle appartient à Juliette et à Roméo. — Silence.

Je pense que la neige autour d'un bon feu inspire les conversations sur la Russie et les voyages au pays des fourrures. Les soirs d'automne tout flambants, après une journée de fatigue, mettent à l'ordre du jour les aventures de chasse et les prouessés gauloises.

Mais que dire les après-midi de mauvais temps? Qu'avons-nous pu dire tous les jours depuis une semaine ?

Il pleut presque sans trève.

On revient à tire-d'aile des bains de mer.

Un château hospitalier de ma connaissance laisse sa grille ouverte. Cavaliers, amazones, pro-

meneurs et promeneuses amis, leurrés par un semblant de soleil, viennent s'y réfugier pendant l'averse.

Il ne faut plus s'abandonner à l'impression de

l'atmosphère. Il faut réagir. Un lunch est servi. Cela égaie un peu.

Dans le grand salon, tout un arsenal de tapisseries, de broderies, d'aquarelles prouvent que les femmes savent trouver, dans leurs jolis travaux, de rapides consolations.

Il paraît impossible de s'ennuyer dans cette vaste pièce de style Louis XVI, aux fauteuils de brocart saumon à dessins brochés d'argent, avec ses dessus de porte de Van-Spaendonck et ses deux beaux portraits de Largillière si fièrement souriants.

La marquise, dans sa robe de toile d'argent, avec son gros fagot d'œillets panachés au corsage, et son manteau de pairesse rejeté sur l'épaule, paraît écouter ce qu'on dit et le railler un peu. Elle est coiffée en duchesse de Bourgogne. Ses yeux bruns sous leurs grands cils jettent des éclairs.

J'en ai rêvé de cette marquise.

Pendant que les enfants feuillettent des albums, voici les bribes de conversations à bâtons rompus, recueillies avec le regret de n'en pouvoir pas donner le ton :

— Pas de gibier, pas de raisin, pas de livres, plus d'esprit, plus de théâtre, plus de comédiens, plus rien. Il y a encore des jolies femmes.

— Sans cela!.. Je ne sais pas si nous aurons une réaction politique, mais une réaction littéraire certainement.

Les classes élevées étant à présent inactives, elles éprouveront le besoin d'employer leur temps et leur esprit à quelque chose. Il y aura donc une réaction contre le naturalisme qui froisse les instincts de noblesse intellectuelle.

Quoi qu'on en dise, ce sont encore les salons et les femmes qui mènent l'opinion. Or, les salons et les femmes mettront toujours Octave Feuillet au-dessus de M. Zola. — Et ne dites pas que les raffinements de sentiments et les idéales délicatesses de vertu, peintes par Feuillet, ne sont pas de l'art *vrai*. Ils sont également dans la nature. Une colombe existe juste autant qu'un crapaud.

Nous allons voir apparaître une phalange d'écrivains-gentilshommes. Je ne le prédis pas, j'en suis sûr. Déjà quelques-uns ont marqué leur place en avant: le comte Melchior de Voguë, un charmeur, ayant pris à l'Orient sa saveur, sa chaleur et ses radieuses images, — le marquis de Beauvoir, un voyageur — qui explore en ce moment le pays du Tendre, le vicomte Othenin d'Haussonville, un économiste, le marquis de

Massa, un vaudevilliste, le duc d'Abrantès, un nouvelliste du dix-huitième siècle, le baron Imbert de Saint-Amand, l'historien poétique des femmes, — le prince de Broglie, un historien grave.

— Tous ceux-là ne font que frayer la route. — D'autres apparaîtront, qui la déblaieront tout à fait. Puisque beaucoup de gens se sont arrogé le droit de ne croire qu'à la matière, il est bien permis de déclarer qu'on croit à l'esprit.

— La chasse est un plaisir très goûté, il y a cependant aussi peu de vrais chasseurs, que de vrais voyageurs et de vrais amoureux. On chasse, on voyage et on aime, pour dire : J'ai été là.

— Les chasses de Chantilly n'auront pas lieu.

— Pourquoi pas ? chasser est très deuil.

— Il n'y a guère que les chasses de Bois-Boudran qui puissent compter avec celles de Chantilly. Autrefois tout cela était plus brillant.

— Très possible. Mais ne parlons pas toujours d'autrefois. Tâchons d'être modernes. Aimons notre temps. Nous n'en avons pas d'autre à notre disposition.

Autrefois, d'ailleurs, avait ses inconvénients. On était meublé sans goût. Les femmes portaient des manches à gigots et on lisait Baour-Lormian.

Côté des femmes :

— On n'a vu, cette année, que des hymens par inclination. Qu'est-ce qui a dit que l'amour dans le mariage était passé de mode ? — Ne confondons pas. Quand on publie les bans, ce n'est pas l'amour *dans* le mariage, c'est l'amour *avant* le mariage.

— On n'est pas assez dilettante en toilettes. Je voudrais que chaque femme mît son esprit dans sa robe comme dans son style.

— On suit le chemin tracé. Tout le monde adopte la même chose.

— Ces grands chapeaux Rembrandt, portés par des personnes petites et maigres, font l'effet

d'épouvantails, sur un bâton, pour effrayer les oiseaux.

— Et les paniers larges sur les femmes... potelées rappellent les gros flacons de Curaçao hollandais, rembourrés en paille.

— Que font les théâtres ?

— Rien.

Il y a une robe à aller voir au Gymnase. La pièce et l'ingénue sont certainement des conserves en bon état. Mais cela manque de fraîcheur et d'imprévu.

— La débutante de l'Opéra a de la gentillesse malgré son accent effroyablement britannique! Bosquin en Faust rappelle les images d'Epinal. A la place de Marguerite, je me serais tout de suite donnée au diable...

— Avez-vous su l'histoire de Biarritz?

— Chut!

— Avez-vous lu les *Feux de Paille?*

— Chut!.

— Que pensez-vous de l'Académie des femmes?

— Impossible. En France, toutes les femmes ont de l'esprit, mais aucune ne voudra reconnaître que sa voisine en a plus qu'elle ou seulement autant. Il y a des questions de rang, de fortune et de réputation dont les hommes peuvent ne pas se soucier et dont les femmes ont raison de se préoccuper. Il est vraiment impossible de faire asseoir Mlle Agar à côté de Mme la marquise de Blocqueville.

—La charité seule rapproche des femmes séparées les unes des autres par toutes les convenances sociales...

On devrait inventer un costume pour la pluie, — pratique et joli. — Rien de laid comme un waterproof. — Il y a le costume de serge foncée,

à peu près imperméable. La jupe plissée et la jaquette à ceinture. — Il y a encore le costume de drap sans autre garniture qu'une rangée de pompons de ruban sur le côté, genre Dickens, et le grand chapeau *lawn-tennis* sans panache. La toque de plumes lisses vaut mieux, la pluie glisse sur les plumes sans les tacher.

— Ce qu'on ferait encore mieux d'inventer, c'est une distraction pour les jours de pluie.

— Il en existe beaucoup. Dois-je les dire toutes ?

Les jeux innocents — qui ne le sont pas assez — les devinettes, les devises, les bouts-rimés, la musique, les charades-monologues, découverte nouvelle due à l'inspiration non combinée de la princesse de Metternich et de Coquelin cadet — les emblêmes, les devises. — Tout cela, plaisirs d'esprit.

Les plaisirs du cœur sont les confidences, la flirtation, la médisance...

— Comment la médisance ?

— Plaisir du cœur sans doute, la médisance naît de la jalousie, de l'ennui, du désir de plaire, de celui de briller ; quoique la médisance n'inspire pas de grandes pensées, elle vient du cœur — côté mauvais...

Et ainsi de suite jusqu'au dîner...

LE RÉVEILLON

J'AVAIS encore des illusions. Je croyais au Réveillon. Je voyais les femmes jetant une mante doublée de fourrure sur leur robe de velours ou de satin sombre, courant à la messe de minuit, pour rentrer avec un sourire, les joues roses et les yeux pleins de rayons, dans le salon où flambe la bûche de Noël. Je les voyais entourées de leur famille et de leurs intimes, s'asseyant à la table chargée de fleurs et de friandises pour présider à un repas aimable, tandis que les bébés, ayant aligné leurs souliers dans les cendres, rêvent aux anges et aux papillotes de chocolat.

Appellerai-je réveillon la brioche de famille arrosée de thé, mangée à la hâte dans les maisons pieuses avant de se retirer dans sa chambre ?

Est-ce encore un Réveillon que ce festin des Cercles élégants — comme celui du boulevard de

X... — où l'on n'a servi que du boudin, du jambon, des pieds truffés, des hures à la gelée, tout ce que produit le *porte-veine* comestible ?

Autour de la table : des hommes du meilleur monde, dévorant le compagnon de saint Antoine, buvant sec, parlant trop, s'occupant des femmes, mais les bannissant de leurs fêtes ; quelle singulière façon de comprendre la famille ou la courtoisie !

S'offrir entre soi des soupers plutôt que de se souvenir qu'on a — pas bien loin — une mère, une sœur chérie, une belle cousine, ou même quelque gracieuse amie ! Comme c'est fâcheusement moderne ! S'attabler entre hommes, mais il vaudrait mieux être entre Auvergnats !

Les délaissées se consolent en inventant de délicieux chiffons. — Savez-vous quelle est la dernière mode ? La robe arlequin, tout à fait en situation, par ce temps de polichinelles.

La robe arlequin est en soie, en satin ou en velours, à losanges multicolores, comme les costumes de l'arlequin italien avec un habit de velours uni, très sombre. On ouvre cet habit en carré sur la poitrine ou bien on le laisse montant, mais il doit absolument être orné d'une fraise et de manchettes en vieilles dentelles.

La robe arlequin a déjà fait son apparition dans le monde. C'est la belle comtesse Potocka, née princesse Pignatelli, qui a porté la première.

Pour un dîner de Jour de l'An, voici une robe composée par une de nos grandes couturières.

Jupe de peluche blanche, à paniers de satin

blanc. Le devant, brodé de jais et garni jusqu'au genou de plumes de marabouts givrées. Corsage Montespan, à milieu cuirassé de jais avec tour de plumes encadrant les épaules. De côté, le portrait d'une souveraine, enchâssé de diamants — je ne vous dirai pas laquelle.

Dans de beaux cheveux, coiffés à l'ingénue, on avait placé une petite couronne de gardénias, à cœurs de diamants. C'était l'image de la neige, s'unissant aux pâles fleurs de la saison froide pour enchâsser une radieuse beauté. Jamais on n'avait si bien porté les parures de l'hiver, en rappelant mieux le printemps.

Au point de vue de la cuisine, ces réveillons de charcuterie sont humiliants.

Nos ancêtres étaient bien autrement ingénieux que nous, sous ce rapport.

Il faut comparer à nos menus peu variés celui du duc de Richelieu pour un souper tout en bœuf. C'est un chef-d'œuvre.

Il arriva, pendant la guerre de Hanovre, que le maréchal de Richelieu, ayant fait prisonniers une nombreuse famille de princes allemands, voulut les traiter en grand seigneur.

Malheureusement, il ne restait plus rien à la cantine que du bœuf et des conserves.

Le maréchal ne perdit pas la tête, comme son cuisinier. De son écriture de chat illisible, il traça le menu suivant, sans économiser les fautes d'orthographe dont il était très prodigue.

Dormant

Le grand plateau de vermeil avec la figure èquestre du roi.

Les statues de Duguesclin, de Dunois, de Bayard et de Turenne.

PREMIER SERVICE

Une ouille à la garbure gratinée au consommé de bœuf.

Quatre hors-d'œuvre

Palais de notre bœuf à la Sainte-Menehould.

Les rognons à l'oignon frit.

Petits pâtés de hachis de filet à la ciboulette.

Gras double à la poulette au jus de limon.

Relevé de potage

La culotte du bœuf garnie de racines au jus.

Six entrées

La queue de bœuf à la purée de marrons.

Sa langue en civet à la Bourguignonne.

Les paupiettes du bœuf à l'estouffade aux capucines confites.

La noix braisée au céleri.

Rissoles de bœuf à la purée de noisettes.

Croûtes rôties à la moëlle de notre bœuf.

(Le pain de munition vaudra l'autre.)

SECOND SERVICE

L'aloyau rôti (vous l'arroserez de moëlle fondue).

Salade de chicorée à la langue de bœuf.

Bœuf à la mode à la gelée blonde mêlée de pistaches.

Gâteau froid de bœuf au sang et au vin de Jurançon.

Six entremets

Navets glacés au suc de bœuf rôti.

Tourte de moëlle de bœuf à la mie de pain et au sucre candi.

Aspic au jus de bœuf et au zeste de citron praliné.

Purée de culs d'artichauds au coulis de bœuf.

Beignets d'amourettes de bœuf, marinés au jus de bigarades.

Gelée de bœuf au vin d'Alicante et aux mirabelles.

Tout ce qui me reste de confitures et de conserves.

Allez et ne doutez plus.

RICHELIEU.

Comment ne pas penser, après cette lecture, que l'irrésistible Richelieu était devenu maréchal, mais qu'il était certainement né cuisinier?

LES FLEURS

NOEL n’a pas sa robe de neige accoutumée. Il s’est éveillé dans les fleurs. Le berceau de l’enfant-Dieu est environné de guirlandes comme dans les tableaux des maîtres italiens.

Des gerbes de lilas blanc épanouissent leurs fusées d’argent embaumées, dans les salons sombres.

De temps en temps, sur la peluche rouge de la table tombe une pluie de petites étoiles. — C’est la gerbe qui s’effeuille éclairant la surface veloutée ; ainsi le bouquet du feu d’artifice s’effeuille dans l’eau immobile.

Qui n'aime les fleurs ?

J'ai parlé des pierreries. Mais j'oserais à peine toucher à ces filles de la rosée et du soleil — images de l'âme, qui tiennent à la terre par leurs racines et jettent leurs parfums dans le ciel.

Je ne suis pas un courtisan des heureux et des triomphants. Dans sa pourpre, dans sa gloire, dans sa beauté, faite avec les rayons de l'aurore, les rubis broyés et les parfums qui grisent, l'Impératrice Rose a trop d'adorateurs, elle brille trop sous les diamants dont le Matin amoureux l'a couronnée.

Elle est montée jusqu'au trône d'Angleterre, elle a placé son image dans le blason de l'altière Grande-Bretagne.

Assez d'autres chanteront ses splendeurs. Saadi l'aima à en mourir. Elle est née avec Vénus, elle a inspiré Anacréon, elle sème ses pétales de pourpre, d'aurore ou d'or pâle, dans les coupes et sur la blancheur éclatante des nappes des festins.

Toutes les divinités du siècle passé, ces païennes aux cheveux poudrés, apparaissent dans une pluie de roses. C'est Mme de Parabère avec ses roses du Régent sur son deuil séducteur, c'est Mme de Mailly-Nesle, la rose à l'oreille, et sa rivale Polignac, le fagot de roses sur le sein.

Puis, voilà Mme de Pompadour jetant les roses à pleine volée sur le satin d'azur pâle de ses tentures, sur ses meubles et ses surtouts de table, charriant des montagnes de roses dans les pelouses de Bellevue et de Choisy, les accrochant aux rocailles, les enlaçant aux fenêtres, se faisant peindre dans une gloire de roses comme une colombe de l'art antique dans les fleurs du temple de Cypris.

La Du Barry, si affolée du même goût qu'elle commande à Sèvres une nuance « nymphe rougissante », nommée encore rose Du Barry.

Toutes enfin chérissent la fleur de volupté et la portent en sautoir, de l'épaule à la hanche, comme le grand cordon de l'Ordre de Vénus.

L'Impératrice Rose a pourtant un défaut. Elle est... oserai-je le dire ?

Elle est banale.

Les artistes restent les derniers chevaliers errants de la vie actuelle. Dites-leur donc de cueillir des roses.

Ils aimeraient mieux s'en aller décrocher des orchidées dans les forêts inviolables que traverse le fleuve des Amazones !

Ils ont voué un culte aux fleurs ignorées, perdues sous l'ombre noire des grands chênes ou sur le sommet des montagnes.

Ils rapportent avec émotion un bouquet d'edelweiss, ces perles dont la blancheur éclaire la mousse des Karpathes.

Comme eux, je suis épris des charmeuses qui s'ignorent, des pervenches ouvrant leurs grands yeux bleus au bord des sources endormies, des scabieuses grises, des menthes, des baumes, des lavandes, des œillets de poète, des fleurs de myrtils et de câpriers, amies des abeilles, senteurs

exquises enfermées dans de modestes enveloppes, beautés pénétrantes, délicates, chastes, adorables comme l'amour, dans le cœur pur d'une honnête femme.

Ce furent mes premières amies et, sans doute, ce seront les dernières — sans oublier les violettes tremblantes, le muguet, secouant ses clochettes nacrées, et la marguerite, cette humble étoile. Quand j'étais petit, je causais de tout avec elles, — leur chanson de couleurs me paraissait délicieuse — et sous les tièdes soleils des automnes, leurs cassolettes secouaient l'ambre, l'encens, la menthe et le benjoin d'une enivrante façon. Je crois que je me suis oublié à parler d'elles, en rêvant au coin de mon feu...

Chacun fête Noël à sa manière. Je suis un exilé d'une grande forêt que j'aimais avec passion. Dans le miroir de mes souvenirs, j'ai revu comme dans la source où je regardais autrefois, l'image ineffaçable des petites charmeuses.

LA

COLLECTION

DOUBLE

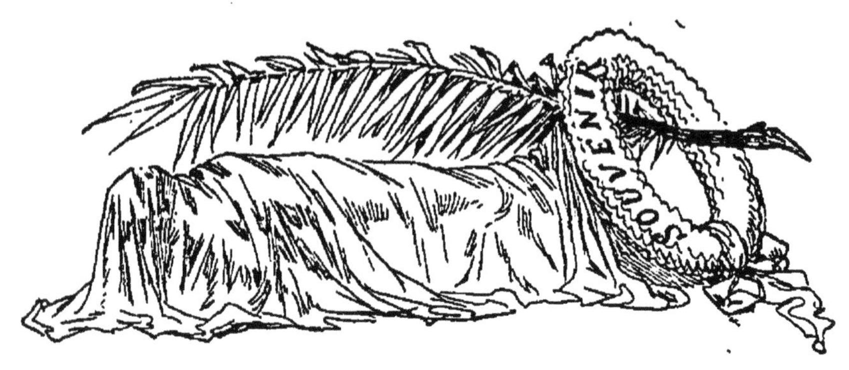

Je puis dire que tout Paris a connu la collection de M. Double. Celui qui avait réuni ces merveilles, celui qui, à force de science, de goût, d'or et de temps avait fait de sa maison, un musée unique au monde, a été dépossédé pour toujours de ses chers trésors.

Quelle cruauté que la mort ! surtout quand elle arrache un homme heureux, respectable, aimé et riche, aux tendresses, aux joies et aux élégances de sa vie.

On se rappelle ce mot de Henri IV à Bassompierre qui, le voyant triste, lui disait : Sire, n'êtes-vous pas satisfait de la fortune ?... Des amis, des enfants, de belles maisons, de beaux meubles, de belles femmes...

— Hélas ! répliqua Henri IV, il me les faut quitter !

M. Léopold Double chérissait tant sa collection qu'il ne se décidait jamais à partir pour le Midi, malgré les désirs de sa famille : « Je ne pourrais pas quitter mes bibelots. Je m'en-

nuierais beaucoup sans eux, » disait-il en souriant.

Heureuse et noble passion qui a rempli sa vie et consolé ses derniers jours ! Pendant sa maladie, il achetait encore, il achetait toujours et il avait été en marché pour acquérir une table de cent mille francs.

Jamais M. Double n'allait aux ventes. On lui apportait chez lui tous les objets de grande curiosité qui faisaient leur apparition à Paris.

Il était, avec M. de Rothschild, l'amateur qui payait le plus cher.

Comme experts, le comte d'Armaillé, le baron Davilliers, M. Spitzer pouvaient à peine rivaliser avec lui.

A lui seul, dans les quatorze salons de son hôtel, M. Double avait reconstitué entièrement l'histoire du mobilier au dix-huitième siècle. Pas un objet qui ne fût un joyau par sa perfection et son authenticité.

Ce sera un titre de noblesse pour un bibelot d'être sorti de chez lui et d'avoir été admis à l'honneur de son choix.

M. Léopold Double était né en 1812, d'une vieille famille parlementaire du Languedoc, anoblie au quatorzième siècle.

Les Double portent : vairé d'or et de gueules, fascé d'hermines (d'Hozier).

Le grand-père de M. Double, ruiné en partie par la Révolution, eut quatre fils qui tous se distinguèrent. L'aîné devint évêque de Tarbes, le second fut le célèbre docteur Double, père du grand collectionneur.

Il reçut du roi le titre de baron, mais il refusa la pairie.

M. Léopold Double, élève de l'Ecole polytechnique, officier d'artillerie, fut aide de camp du

maréchal Soult et servit en Afrique.

Peu de temps après son mariage, M. Double quitta l'état militaire pour se consacrer à sa jeune femme et aux études littéraires et artistiques, objets de sa prédilection.

Très aimé du duc d'Orléans, il ouvrit sa maison à toute cette élite aimable et spirituelle qui embellissait l'existence mondaine sous Louis-Philippe.

Plusieurs aquarelles, d'Eugène Lami, reproduisent dans leur éclat des fêtes données à l'hôtel Double, au milieu des splendeurs d'un autre siècle.

Les hommes de mérite et d'esprit apportaient à ces réceptions un attrait sérieux.

M. Double était l'ami du maréchal Exelmans, de Jules Janin, de M. Le Verrier, de M. Daubrée, le savant directeur de l'Ecole des Mines, du général Vinoy, de M. Camille Doucet.

Le dernier ami auquel il a serré la main, c'est ce vieillard toujours jeune, plein de grâce et de talent qu'on appelle le bibliophile Jacob.

M. Thiers, surtout depuis la guerre, s'était senti attiré vers M. Double. Il venait souvent causer avec lui dans l'intimité et lui donner le plaisir de *relire* ses bibelots, car il les relisait comme des auteurs chéris, les touchant avec joie et les admirant de nouveau.

Presque tous les princes de passage à Paris ont visité cette rare collection et presque tous, séduits par le ton et les façons de M. Double, sont restés en relations avec lui.

Je nommerai le roi et la reine de Hanovre, la grande-duchesse Marie, le grand-duc Nicolas, le grand-duc et la grande-duchesse Wladimir, le prince et la princesse de Danemarck.

M. Double a succombé à une attaque d'asthme. Bien qu'il fût souffrant depuis le commencement de l'hiver, rien ne faisait présager une fin si prompte.

« L'amoureux de Marie-Antoinette, » c'était son surnom, avait été très séduisant. Il lui en restait quelque chose : de beaux yeux noirs, pleins de feu, un sourire charmant, des façons de gentilhomme du temps passé.

On ne pouvait voir cet aimable vieillard sans éprouver pour lui la plus vive sympathie : maison, esprit, conversation, courtoisie, tout chez lui portait l'empreinte du dix-huitième siècle.

M. Léopold Double a laissé une veuve et un fils unique, M. Lucien Double, qui s'est déjà distingué dans de sérieux travaux historiques, et qui vient de publier une remarquable étude sur Charlemagne.

La mort de M. Double a mis en deuil les familles Double de Saint-Lambert, de Sermet, de Montais, de Chamberet, des Isnards.

— Nous avons fait de l'histoire, chacun à notre

manière, disait un jour M. Thiers à M. Double. Entre nous, je vous avouerai que je préfère la manière de M. Double. Elle était plus magnifique et plus sincère.

La fortune d'un roi suffirait à peine à lui donner ce que cinquante ans de patience avaient permis à M. Double d'acquérir. On estimait à plusieurs millions cette réunion de merveilles.

Y a-t-il deux services de Sèvres Louis XV aussi complets que le sien, ce fameux service à oiseaux que Buffon appelait son *édition de Sèvres?*

Qui peut faire servir son dessert, excepté lui, dans ces assiettes peuplées d'amours et enguirlandées de roses, où la comtesse du Barry prit un jour une orange, en s'écriant : Saute, Choiseul ! Saute, Praslin ! faisait ainsi sauter presque dans l'abîme, les destins de la France.

Qui peut jouer aux échecs sur l'échiquier de Louis XIV, en ivoire vert et rouge, offert par l'ambassade siamoise ? Regarder l'heure à la pendule de Louis XV, celle que Mme de Pompadour lui offrit après Fontenoy. Suspendre dans sa

bibliothèque l'épée de Laurent-le-Magnifique et lire Molière dans l'édition imprimée sous les yeux du poète ?

M. Double avait composé un salon entier de meubles ayant appartenu à la reine infortunée. La pièce était tendue de tapisseries des Gobelins représentant des princes indiens, qui sont frères des Amours de Watteau. Il semblait qu'elle venait de quitter sa chaise longue en satin rose brochée d'un ruban et de fleurettes d'argent. Sur une petite table en acajou avec des bronzes de Gouthières étaient posés deux livres à ses armes.

Devant la fenêtre, son bureau en vernis Martin, un fauteuil cannelé et doré ; à côté le petit fauteuil de satin bleu de ciel du Dauphin, son secrétaire enfantin avec ses livres d'études portant le blason de France. Sur une commode en marqueterie, un cabaret de porcelaine en vieux Vienne. Devant la seconde fenêtre, sur une table en X recouverte d'un tapis de satin blanc brodé, le coffre à dentelles, en maroquin du Levant, à serrures d'argent avec les armes de France et d'Autriche. Des flots de vieux point d'Alençon, de Malines, de vieille Angleterre, de binche flamande et de point de France remplissaient encore le coffret.

La pendule, un vase antique en bronze doré autour duquel s'enroule un serpent, est incrustée de diamants. Elle avait sonné les heures de joie de Trianon. Aujourd'hui, ces diamants feraient songer à des larmes. Trianon est presque vide. « L'amoureux de la Reine » à force de passion, de patience et d'or avait reconquis la plupart des objets intimes qui l'entouraient.

Un autre boudoir absolument complet aussi évoquait l'image légère de Mlle Duthé, de l'Opéra.

Les boiseries couvertes d'emblêmes amoureux, colombes, carquois, roses, myosotis, attributs accoutumés de Cupidon, l'alcôve, environnée de glaces, la cheminée en marbre bleu turquin à ciselures de cuivre doré, exécutées par Gou-

thières, le meuble de soie blanche à bouquet de roses, tout avait été emporté intact de la Chaussée-d'Antin, dans l'hôtel de M. Double. Les pincettes fleurdelisées révélaient le nom du fils des dieux qui jeta une pluie d'or chez cette Danaé.

C'était Mgr le comte d'Artois. Il avait vingt ans. Mlle Duthé, peinte par Fragonard, possédait le charme le plus fripon avec ses grands yeux, son nez en l'air et son déshabillé à paniers de taffetas rose et paille ! Que ceux qui ne furent jamais amoureux d'une danseuse reprochent à Charles X les jeunes folies du comte d'Artois !

Chaque salon de M. Double était aussi complet dans la grâce ou dans la splendeur.

On marchait ébloui. Tant de fois, on évoquait ces deux siècles incomparables ! On se prenait pour

un héros des contes de fées, transporté dans un palais du temps passé.

Dès l'escalier, la rampe en fer forgé où s'appuya la main de Louis XIV emmenait l'esprit dans un autre milieu.

Sur la cheminée du grand salon triomphaient dans leur adorable nudité de marbre, les trois Grâces de Falconet groupées autour d'un vase où sont marquées les heures. Diderot a dit « qu'elles montraient tout sauf l'heure. »

Elles montraient surtout la chasteté de l'art, qui en dévoilant la beauté, l'enveloppe d'un prestige idéal. Cette pendule, unique au monde, dont l'équivalent ne se retrouverait dans aucun palais, s'est vendue cent dix mille francs. Un lustre de cristal de roche pendait au plafond. La console en bois sculpté avec un enfant essayant la couronne

était celle que la ville de Paris offrit à Marie-Antoinette à l'occasion de son mariage.

L'ameublement en Gobelins représentait des scènes pastorales de Boucher et, de distance en distance, apparaissaient des tabourets en X ; velours rouge à passementeries d'or. C'étaient les fameux tabourets de duchesses, qui allumèrent tant de guerres féminines.

Dirai-je que M. Double possédait le meuble de la Chambre à coucher de Louis XIV? Les déesses sur les canapés, en Gobelins, y gardaient l'éclat triomphant d'une immortelle jeunesse.

Parlerai-je des vieux Saxes, du lustre de Mme de Pompadour avec son envolement d'Amours, oiseaux roses nichant dans les feuillages de porcelaine ; du plafond, de Boucher, représentant l'apothéose de la marquise ; du surtout de table, où Vénus et sa Cour : les Jeux, les Ris, les Folies, les Enfants se lutinaient sur l'immensité d'un miroir à balustrade, fouillée délicieusement ?

Raconterai-je l'histoire des plus beaux vases en Sèvres connus ? Trois cent mille francs de pâte tendre, rose, représentant la bataille de Fontenoy !...

La pendule à musique de la duchesse du Maine sonne encore à mes oreilles les airs de Lulli avec sa sarabande de singes de Saxe, habillés en marquis.

Les bonbonnières sans prix, les miniatures de Petitot, les livres rares, fleurdelisés, blasonnés, enlevés aux plus belles mains : Diane de Poitiers, Mme de Pompadour, Marie Leczinska et Marie-Antoinette m'attirent encore pour les feuilleter.

Pourquoi ai-je eu la curiosité de vivre deux heures au milieu de ce merveilleux et enivrant passé, qui va me faire trouver le présent si mesquin ?

D'ailleurs, tout cela n'est sans doute pas vrai.

Je dois avoir rêvé, et je suis de l'école de Racine, j'aime à raconter mes songes.

Depuis la mort du regretté M. Léopold Double, l'hôtel Double était resté rigoureusement fermé. Les merveilles qui le remplissent, cachées à tous les yeux, sous les épais rideaux tirés devant les fenêtres, semblaient plongées dans le deuil, comme le sont les habitants de cette belle demeure.

Cédant aux instances de ses amis, aux prières qui lui étaient adressées de toutes parts, M. Lucien Double a consenti à laisser visiter ses collections.

Pour quelques heures, les portes se sont ouvertes et d'heureux privilégiés ont monté l'escalier seigneurial, à rampe de fer forgé, où Louis XIV posa sa main.

De jolies femmes en toilettes printanières sont entrées dans ce cabinet des armes, où se trouvent suspendus l'épée du maréchal d'Ancre, le poignard de Laurent de Médicis, l'arquebuse de la duchesse de Lorraine, le hausse-col de Benvenuto Cellini, le casque d'Ivan-le-Terrible et toutes sortes de kandjars, de bâtons de derviches, de kriss malais et de lames orientales,

Couvertes de rubis comme un poignard persan.

Elles ont jeté un regard de regret sur le portrait voilé de crêpes de cet homme d'élite, qui n'est plus là pour faire les honneurs de chez lui.

Parmi les plus captivées par toutes ces splendeurs du passé, je nommerai : la très jolie marquise d'Anglesey, promenant sa grâce blonde, vêtue de peluche loutre et fleurie de roses, à travers les salons tendus de royales tapisseries : son amie, Mme Van der Bilt, dans une toilette qui n'était qu'un enroulement de dentelles noires, avec un original mantelet en velours d'Utrecht cerise, dont on eût fait le plus joli petit fauteuil du monde; la comtesse Pozzo di Borgo, si grave et si douce avec son auréole de crêpe blanc, sous sa capote de dentelle noire ; la duchesse d'Avaray, la duchesse d'Estissac, qui ne pouvait pas quitter le salon de Marie-Antoinette ; la princesse d'Arenberg, montrant son aimable visage encadré d'un simple chapeau de velours noir ; la comtesse de Jonage-Doria, la princesse de Caraman-Chimay, la belle vicomtesse Greffulhe, Mme de La Rochefoucauld, née Pracontal ; la vicomtessse de Janzé — la marquise de Pracontal, la comtesse de Moustier, la vicomtesse de Polignac, la comtesse de Vogué, M. Alexandre Dumas, — que les duchesses regardaient beaucoup, — M. de Chaudordy, M. Pinard, le prince de Broglie, le marquis de Mortemart, etc.

La princesse Lise Troubetzkoï — privilégiée

entre toutes — est venue seule avec la princesse Alexandra et le jeune prince Alexandre un jour où personne n'était là.

M. Double a reçu de même Mme Alexandre Dumas, lui faisant les honneurs avec un empressement qui témoigne de son admiration pour le célèbre maître du théâtre contemporain.

Ces privilégiés ne se doutaient pas que la faveur accordée était sans prix — et que cette fête des yeux et de l'esprit ne pourrait jamais se renouveler.

Que ceux qui ont vu la collection Double en gravent les trésors dans leur mémoire et tâchent de n'en rien oublier. Ils ne les reverront que dispersés.

La collection Double a été vendue.

Des raisons et des convenances de famille ont décidé cette vente.

Mme Double, accablée par la douleur que lui causait la perte de son mari, ne veut plus habiter Paris. Elle s'est retirée dans son château de Saint-Prix, plein des souvenirs de celui qui n'est plus.

M. Lucien Double, historien de Titus, des Césars, de Palmyre, de Brunehaut et de Charlemagne, orientaliste distingué, numismate hors ligne, un des hommes de France qui sait le mieux le grec et déchiffre le mieux les inscriptions et les exergues, a enfermé sa pensée et son imagination dans des siècles lointains, dans des études graves. Les grâces de la Régence, les enchantements Pompadour, les royales élégances de Marie-Antoinette n'ont point de prestige pour lui.

Elevé au milieu des meubles délicieusement rococo, des vieux saxes, des sèvres sans prix, respirant l'atmosphère musquée de ce dix-huitième siècle, qui de l'amour ne connaissait que les ailes, — de la nature, que les roses, — de la beauté que les paniers, la poudre et les mouches, — de l'art, que la grâce, — de la poésie, les bouquets à Chloris,

du sentiment que la galanterie, ce jeune savant, bien qu'il soit connaisseur en bibelots, comme un vieil expert — a pris pour ces souvenirs exquis, le dégoût des enfants nourris de trop de crêmes et de trop de bonbons.

Il est devenu amoureux des manuscrits poudreux, il a voué un culte aux personnages bardés de fer, vivant dans des castels de granit, meublés d'une chaire de bois et d'un tapis de paille.

M. Léopold Double faisait des madrigaux à Mme de Pompadour et pliait le genou devant Marie-Antoinette.

Son fils ne fait probablement de madrigaux à personne. Il préfère sa forêt et ses livres, ses chevaux et son chartrier à toutes les pâtes tendres du monde. M. Léopold Double, un vrai gentilhomme de la Régence, a donné le jour à un docteur du treizième siècle.

Il y a ainsi de ces oppositions de goûts dans les familles qui s'accentuent d'aütant plus qu'elles se touchent de trop près. Georges Sand a peint cela de main de maître dans un de ses plus célèbres romans quand elle a créé les deux types si différents du duc d'Aléria et du marquis de Villemer.

LE JOUR DES MORTS

Je ne parlerai pas maintenant du monde brillant, remuant, exalté ou découragé qui s'agite, se divertit, souffre et disparaît — emporté dans un tourbillon par le grand souffle de la mort, comme un monceau de feuilles sèches.

Je ne parlerai que de ce qu'il y a d'immortel en nous — et de ce que nous avons chéri d'immortel dans les autres.

Nous gardons tous une blessure saignante au cœur, — tous nous cherchons à travers l'infini, — non sur la terre où elle n'est pas, — mais dans l'azur et dans l'espérance, — une tête adorée; tête blonde ou brune d'enfant ou de jeune femme, tête blanche d'aïeul ou de mère et nous l'appelons en pleurant, et ces larmes, dans leur amertume même, contiennent une douceur secrète.

Pleurer ce qui fut adoré, c'est encore de l'amour. En proie à la plus extrême souffrance, qui ne préfère l'amour à l'anéantissement ?

Comme on honore dans sa maison le souvenir d'un grand homme, ainsi nous honorons la tombe, cette dernière maison de l'être chéri.

Paris reste, entre toutes, la ville sentimentale, quoiqu'elle s'en défende en essayant d'être sceptique.

Elle vénère ses morts et les ensevelit sous les fleurs. Il n'y a pas de plus splendide nécropole que le Père-Lachaise.

Hier, sous les rayons pâles du soleil de novembre, cette immense ville des mausolées, remplie de bouquets jetés par charretées sur la blancheur des pierres, parée de couronnes suspendues par milliers aux grilles, aux colonnes et aux urnes funèbres, offrait un aspect d'une triste et suprême grandeur.

Un voyageur célèbre, M. Xavier Marmier, a gardé le souvenir de trois cimetières étrangement poétiques et me les a peints ainsi :

Le premier à Constantinople : Un jardin enchanté, plein de roses et d'arbustes aux éclatants feuillages avec des ruissellements d'eau cristalline dans des vasques de marbre, des vols de colombes

traversant, comme un départ d'âmes joyeuses, l'azur intense du ciel d'Orient.

Une paix délicieuse et embaumée — quelque chose comme une esquisse mahométane de paradis anticipé.

Le second cimetière, dans la Forêt-Noire. Des

tombes cachées par la mousse autour desquelles poussaient les scabieuses sauvages et les œillets de poète. Le noir rideau des sapins centenaires, versant sur ces sommeils éternels l'ombre de leurs vastes ramures. La douceur voilée du berceau ajoutée à la majesté de la mort.

Pas un monument de prince ou de roi, sous les arceaux d'une abbaye ne semble imposant comme ces tombes de paysans endormis sous les voûtes gigantesques d'une cathédrale naturelle.

Le dernier, le plus beau de tous : au bord de la mer, en Suède. Un Océan, battant les rochers de son écume. Sur la verdâtre colline presque à pic, des centaines de tombes où la neige a jeté ses splendeurs immaculées, son velours pareil à des jonchées de lis. Au-dessus des monuments bas, serrés les uns contre les autres, avec leurs dentelles de pierre ou de fer et leurs cyprès chargés de givre, une immense croix étendant ses bras comme de grandes ailes blanches entre les deux infinis de la mer et du ciel.

Et vers le couchant, dans le ciel pâle et limpide, le soleil jetant un reflet d'argent sur les flots.

L'âme vivante se sent enveloppée là « du charme de la Mort. »

En regardant les goëlands qui rasent les vagues et disparaissaient d'un coup d'aile, la crainte de l'inconnu l'abandonne. Et moi aussi, dit-elle, je partirai pour le grand voyage, m'en fiant à Celui qui porte à travers l'Océan les alcyons et les hirondelles.

Un cimetière est triste de nos douleurs, mais en réalité sa mélancolie renferme plus qu'une espérance : elle contient l'immortalité. Il faut se rappeler ces admirables vers du poète :

La tombe dit : Fleur plaintive
De chaque âme qui m'arrive
Je fais un ange au ciel.

Bienheureux ceux qui pleurent ! est-il écrit dans le Sermon sur la Montagne — parce qu'en pleurant ils prouvent qu'ils croient et qu'ils aiment.

On a beaucoup parlé des épitaphes. Il y en a de toutes sortes, de poétiques, d'héroïques, de comiques et surtout de menteuses.

Millevoye — qui essayait d'aimer la mort — parce qu'il sentait qu'il devait mourir jeune, a composé plusieurs épitaphes très touchantes.

D'abord, il a mis en vers français l'exquise épitaphe latine du tombeau du jeune Camille :

Terre, ne pèse pas sur elle,
Elle a si peu pesé sur toi.

Il a écrit pour un petit enfant celle-ci :

Sous ce champêtre monument
Repose une fille encor chère;
Elle mourut presque en naissant :
Plaignez sa mère !

Enfin, pour une belle jeune femme, ravie à la tendresse des siens :

Objet d'éternelles douleurs,
Objet d'éternelles louanges :
Elle vécut comme les anges,
Elle passa comme les fleurs !

Parmi les épitaphes comiques, la plus connue est celle de la veuve inconsolable qui continue son commerce, celle de l'antiquaire — et celle de l'avare :

Ci-gît dessous ce marbre blanc
Le plus avare homme de Rennes
Qui trépassa le premier jour de l'an
De peur de donner des étrennes.

L'épitaphe du pauvre malade Scarron, mérite aussi un souvenir :

Passant, ne fais ici de bruit
Et prends garde qu'il ne s'éveille,
Car voici la première nuit
Que le pauvre Scarron sommeille.

Sur la tombe du général de Mercy, vaincu par

le grand Condé, une main généreuse écrivit : *Sta viator, heroem calcas !* Arrête, voyageur, tu foules un héros !

Aujourd'hui, on n'écrit plus que le nom sur les mausolées.

On n'essaie plus d'y imprimer une poésie ou une raillerie. Un jour, peut-être on s'en ira de ce monde, marqué seulement d'un numéro.

Heureusement Dieu reconnaîtra les siens.

LES ŒUFS DE PAQUES

Le printemps vient à nous avec ses rameaux verts et ses œufs de Pâques. Les uns, gonflés de la sève qui perle aux bourgeons, les autres remplis de promesses riantes.

Avant peu, combien de rameaux ne seront plus verts, combien d'œufs brisés, d'où ne seront sortis que des regrets !

Quel symbole que ces œufs abrités par des ailes, protégés par l'amour, ces œufs dans un nid d'herbes et de mousses, où sont enfermées la vie et les chansons!

« Combien de choses dans un œuf ! » disait je ne sais plus quel savant. Les femmes et les enfants seront aujourd'hui certainement de l'avis du vieux docteur. Il ne faut point se hâter pourtant d'ouvrir l'œuf désiré, attendu... Encore un instant... Y a-t-il dedans une rivière de diamants, une bague de rubis, un collier d'opales — ou simplement quelque humble anneau emperlé de tendresse ?

Ce qui s'agite dans l'œuf, est-ce un pauvre amour nouveau qui tremble et palpite, est-ce l'adieu d'un amour désenchanté qui va s'envoler d'un dernier battement d'ailes ?

O femmes, éternelles Pandores, n'ouvrez pas trop tôt cette boîte ovale, ne questionnez pas trop promptement ce mystère. Laissez un moment chanter vos rêves, frémir votre main. Qui sait ? Qui est-ce ?

Ce qu'on souhaite, ce qu'on attend, cet oiseau bleu qu'on voudrait saisir, cette belle chimère entrevue, n'est jamais dans l'œuf apporté.

Aucun trésor ne vaudra ce qu'il renferme en ce moment : l'espérance !

Un des plus jolis madrigaux connus a été inspiré par un œuf.

On jouait à Berlin, la tragédie de *Castor et Pol-*

lux. Dans la loge du grand Frédéric se trouvait le jeune chevalier de Boufflers.

Pendant un entr'acte, le roi se tourna vers le spirituel Français :

Eh bien ! chevalier, lui dit-il, vous qui êtes poète, n'avez-vous point la même origine que Castor et Pollux ?

Le jeune chevalier s'inclina sans répondre. Quelques minutes après, il remit au roi ce quatrain :

Ma naissance n'a rien de neuf,
J'ai suivi la commune règle ;
Je me croirais sorti d'un œuf,
Si comme vous j'étais un aigle.

LA VIE AU CHATEAU

Le doux automne suspend aux arbres sa brume légère, voile enchanté qui poétise encore le brocart des bois et la pourpre des vignes. Dans l'air sonore retentissent les pas des cavaliers ; les fenêtres du château s'entr'ouvrent l'une après l'autre. De jolies têtes de femmes, encore alanguies par le sommeil, de joyeuses figures d'enfants apparaissent, saluant le matin vaporeux de septembre et les délices sans trouble de la vie de famille et d'intimité à la campagne.

Il n'y a presque plus en France de châteaux où l'on donne de grandes fêtes et où les séries d'invités se succèdent brillantes et nombreuses à la mode anglaise.

La cruelle Mort a fermé beaucoup de ces résidences à demi princières où se gardaient les traditions de grande hospitalité. Mouchy-le-Châtel porte le deuil de Mlle de Noailles. La Gaudinière, habitation de la charmante duchesse de La Rochefoucauld-Doudeauville, ne voit plus que les larmes d'une mère pleurant un fils adoré. Le luxueux Roquencourt est assombri par le trépas tragique du général Ney.

A Dampierre, Mme la duchesse de Luynes a reçu l'année dernière, mais simplement, dans une sorte d'intimité. On n'a pas dansé.

Dampierre est en demi-deuil; un voile gris-perle enveloppe encore cette magnifique résidence, — la plus belle de France — après Chantilly.

Chantilly même reste clos, par respect pour une perte récente, celle de Mme la princesse de Salerne.

Le château d'Eu pleure un petit ange, tandis que Chantilly regrette une aïeule.

Si on vient parler de la vie de château, il faut s'occuper de cette aimable et intelligente noblesse moyenne, qui représente à un degré si vif les qualités vraiment françaises, point d'intersection où se rencontrent à la fois le respect du passé et l'intelligence du présent. Cette classe prédestinée entre toutes, a fourni, sous la vieille monarchie, un contingent énorme d'hommes célèbres et de héros — vraiment faite pour rester la classe dirigeante, — comme elle le fut autrefois, comme elle l'est en Angleterre, — exempte de la morgue des parvenus, plus élégante de ton, de manières et de goûts que la bourgeoisie, spirituelle, affinée, et conservant avec des grâces d'un autre siècle, un profond sentiment de l'honneur et de la dignité de la vie.

C'est dans cette classe qu'on devrait choisir des députés et des ministres, et les salons de ces châtelaines mériteraient d'être transportés à Paris. Mais je n'ai pas à parler politique.

On a inventé plusieurs jeux d'esprit nouveaux pour passer les soirées à la campagne.

— Quand les enfants sont encore là, on joue aux voyages parlés.

— Quand ils sont couchés, on joue aux romans parlés.

— Chacun doit à tour de rôle continuer le roman, et les plus folles aventures, les plus inattendues, se succèdent suivant la fantaisie de chacun.

Alexandre Dumas père est distancé, Montépin n'a jamais raconté que des berquinades à côté des inventions bouffonnes ou terribles de ces auteurs improvisés.

Je recommande ce jeu à ceux qui aiment les péripétiés dans les histoires. Il alterne d'une façon amusante avec les charades et les bouts-rimés.

LE VIEUX SÈVRES

’HOTEL des Ventes a rouvert ses vieilles portes. Ses salles poussiéreuses et enfumées, son horrible escalier qu’on balaie le moins qu’on peut, sont rendus à l’empressement des visiteurs.

Et parmi eux ce ne sont ni les célébrités ni les élégances qui manquent.

Les plus illustres têtes et les plus jolis pieds de Paris ont été rencontrés sur ces marches poudreuses. Heureux bibelots, qui confondent dans une admiration passionnée, le génie et la beauté.

C’est le cas ou jamais de parler de vous, non pas de ce bibelot morose qui met en fuite les jolies femmes et qu'on enferme sous triple vitrine, dans quelque froide galerie, mais de ces fleurs d'étagères, de ces charmants Sèvres aux riantes couleurs, de ces gais personnages de vieux Saxe, qui gardent sur les lèvres le sourire éternel de l'amour. Aujourd'hui je dirai quelques mots du Sèvres.

Si le Sèvres est le plus féminin des bibelots, c'est un avantage qu'il doit à ses deux premières protectrices, à ses deux marraines par excellence, la marquise de Pompadour et la comtesse Du Barry. Ce fut sous le règne du premier de ces importants cotillons que Sèvres prit naissance ; la marquise paraît avoir été pour la nouvelle manufacture une excellente cliente. Dans un inventaire de ses biens, on trouve qu'elle possédait pour 150,000 livres (un demi-million d'aujourd'hui) de *porcelaines de France*, c'était alors le nom de Sèvres. Ce fut sous les auspices de la marquise qu'un ouvrier de génie, nommé Krouet, inventa la fameuse couleur rose appelée d'abord rose Pompadour, puis ensuite, rose Du Barrry. Comment ce rose se nommerait-il définitivement si la comtesse n'avait pas survécu à Louis XV ?

On sait combien Louis XV était difficile à amuser ; la comtesse Du Barry, toujours à l'affût de ce qui pouvait distraire le Roi bien aimé, ne trouva rien de mieux, un beau jour, que de le transformer... en marchand de porcelaines ; et l'*Espion anglais*, dans son numéro du 2 janvier

1774, nous représente Louis XV présidant dans la grande salle de Versailles, à la vente des porcelaines de Sèvres, fabriquées dans l'année. Seulement, cette vente n'était pas précisément une vente aux enchères. « Le roi, dit le journal anglais, fait la distribution des porcelaines aux seigneurs, pour leur argent. Sa Majesté fixe le prix elle-même, qui n'est pas bon marché. » C'était l'âge d'or des commissaires priseurs.

Il y a trois sortes de Sèvres : la pâte tendre, inestimable ! la pâte dure ancienne, qui vaut peu et la pâte dure et moderne qui ne vaut rien, du moins pour les amateurs. La pâte tendre (et non la pâte molle, comme l'appelle étourdiment Janin) monte à des prix insensés !

175,000 fr. une paire de vases, rose Pompadour; 10,000 fr. une tasse. Une seule assiette du service de Catherine II a été payée 4,000 fr.

Elle n'est pas douce pour tout le monde, la pâte tendre ! On comprend que de pareils prix aient surexcité l'imagination inventive des Israélites de la rue Drouot et des *truqueurs* de tout Paris. Nous allons impitoyablement dévoiler leurs ruses habituelles. Disons d'abord — c'est bien décourageant, mais la vérité avant tout — qu'il n'existe plus sur le marché de *vieux Sèvres, pâte tendre, anciens décors*. Et cependant, on en vend plus que jamais.

Voici comment l'on s'y prend : les plus honnêtes négociants cherchent à déterrer des pièces de rebut de vrai Sèvres, dédaignées dans leur temps;

des artistes habiles les décorent en imitant les anciens peintres de Sèvres et, à moins d'être très fort, il est bien difficile de reconnaître la fraude.

Deux amateurs distingués étaient un jour très préoccupés d'une paire de vases magnifiques vert céladon, avec décors représentant des gardes-

françaises d'une belle époque Louis XV. On en demandait 25,000 fr. ; c'était pour rien : la pâte était bien pâte tendre, le décor un vrai *Morin*, et cependant ce n'était pas cela ! quand survint un troisième curieux qui se prit à rire ; les fusils des gardes-françaises de 1760 étaient *à piston*, modèle 1853.

Le décorateur malencontreux, entraîné par quelque réminiscence militaire, avait donné à ses gardes-françaises l'armement règlementaire du second empire.

Mais les pièces de rebut non décorées sont encore rares à trouver ; que font les truqueurs sans scrupules ? Ils achètent des porcelaines de Tournay (pâte tendre, mais sans valeur, d'un vilain blanc bleuâtre) ou bien des pièces modernes de la fabrique anglaise de Minton qui a su trouver le secret de Sèvres ; ils effacent les marques ; ils couvrent le tout de décors d'une richesse impossible, et vendent cela aux naïfs enchantés, en guise de vieux Sèvres authentique.

Il y a cependant un moyen de prendre sur le fait ces trompeurs d'élite. Le plus souvent, pour donner plus d'authenticité à leurs productions, ils surchargent la pièce fausse de signes de toute espèce ; à la marque de Sèvres, ils ajoutent les monogrammes et les emblèmes des peintres et des doreurs les plus estimés de la manufacture royale. Seulement ces marques, mises au hasard, ne correspondent pas avec la date de la fabrication ainsi indiquée sous la pièce : Avant 1753, deux L croisées simples ; à partir de 1753 un *a* au milieu de deux L. Pour 1754, un *b*, et ainsi de suite. On possède en effet, à Sèvres, un registre indiquant exactement les années où ont travaillé pour l'établissement tous les doreurs et tous les peintres, ce qui permet de les confondre. A présent que voilà l'étourderie des trompeurs signalée, soyez sûrs qu'elle ne sera plus commise et méfiez-vous, amateurs!

Pour ceux qui ne s'y connaissent pas du tout, pour les indigènes de Guéret ou les naturels de Taïti, c'est mieux encore ; on achète à chaque liquidation de Liste civile, et — cela, avouons-le, arrive assez souvent — la vaisselle unie, en pâte dure, moderne, simplement ornée du chiffre souverain, que Sèvres fournit en quantité aux châteaux et aux palais nationaux, royaux, impériaux ; ces assiettes ou ces tasses ont pour tout ornement des L.-P., des N. couronnées. On repeint tout cela dans le faubourg Poissonnière, en respectant les chiffres souverains: on y met du bleu *guinet*, du rose de foire ou du vert de boutique d'épicier, et c'est ce qui fait qu'on voit chez tous les marchands de bric-à-brac de la rue de Rivoli et de la rue Castiglione d'affreuses assiettes, d'épouvantables tasses, surchargées d'amours, tenant tant bien que mal (plutôt mal que bien), les chiffres historiques des souverains. C'est marqué Sèvres ; il y a même généralement en outre une autre marque indiquant Fontainebleau ou Compiègne. Il n'y a rien à dire, et cependant cela ressemble généralement à du Sèvres, comme un marchand de porc de Chicago ressemble à un lord anglais. Chose bizarre, cette pâte tendre, pour laquelle on fait tant de folies, fut détrônée au commencement du siècle de Louis XVI ; un directeur de Sèvres, Brongniart, arriva à produire une pâte dure qui lui parut supérieure à tout; dans son enthousiasme, il fit briser les moules à pâte tendre, négligea tout pour son invention... Le temps passa et maintenant les amateurs pleurent des larmes de sang sur le secret perdu du Sèvres tendre. La pâte dure en effet ne boit pas la couleur, comme la pâte tendre ; l'ensemble n'est pas *fondu;*

la première est œuvre d'artiste, la seconde n'est qu'un produit industriel.

Tout le monde connaît la marque des vieux Sèvres ; le double L croisé des vieux rois de Bourbon ; un tas de *Guides d'amateurs*, d'*Histoires de la porcelaine* donnent les monogrammes des peintres et des doreurs. (Il faut cependant observer que les plus belles pièces, les plus authentiques, ne sont quelquefois pas *marquées*, et que les mauvaises le sont toujours.) Mais rien malheureusement ne peut donner le *flair* de l'amateur, du connaisseur qu'on n'attrape pas ; il n'y a qu'un moyen pour cela, le même que pour s'y connaître en amour : avoir été souvent trompé. C'est, pour finir mon sermon, mesdames et chères sœurs, la grâce que je vous souhaite le moins.

LE

LONGCHAMP DE 1841

LONGCHAMP n'est plus qu'un mot, une gloire évanouie, une splendeur éclipsée !

Depuis la fin du règne de Louis XV jusqu'à la fin du règne de Louis-Philippe, tout ce qui représenta la jeunesse, la beauté, l'aristocratie, la grâce, la célébrité, la fortune, parcourut cette route des Champs-Elysées, le Jeudi et le Vendredi Saints.

De sorte qu'en voyant cette procession de voitures, ces visages de femmes, ces cavaliers, ces piétons, on pouvait dire : Voilà la France qui passe ! La France entière, avec son esprit et ses richesses, ayant des ambassadeurs renfermés dans cette élite.

On a vingt fois raconté les élégances du Longchamp de 1780.

Je veux parler d'un temps beaucoup plus proche et qui avait son charme — un charme modeste, bourgeois, — même une petite pointe de ridicule. Les modes n'y étaient pas très jolies, la fantaisie s'essayait timidement, à chercher du nouveau.

Le goût n'avait pas pris une place prépondérante, il ne s'était pas développé dans une atmosphère de serre chaude et de millions. Mais la société française avait gardé ses racines, sa sève et sa fleur.

Elle n'était pas dispersée, elle n'était pas envahie par des intrus, des intrigants, des étrangers de pacotille, des aventuriers et des chevalières de tous les ordres et de tous les désordres.

Quelques étrangers privilégiés pouvaient entrer dans les salons parisiens. Et pour un seul Américain, le colonel Thorn, qui donnait des bals, — et qui était d'ailleurs fort honorable, — Delphine de Girardin raillait impitoyablement la noblesse française. Qu'eût-elle dit, aujourd'hui, cette belle rieuse ? Avec quelles griffes de diamant eût-elle déchiré les illustres noms faisant cortège à des enrichis discutés, à des manieurs d'argent qui forcent les portes à coups de lingots !

Jetons donc un regard sur la promenade de Longchamp en 1841.

C'est au mois d'avril. Il fait beau. Les arbres des Champs-Elysées semblent d'énormes bouquets d'une verdure délicate. Déjà des gerbes blanches aux parfums printaniers étoilent les marronniers centenaires.

Les attelages à quatre sont nombreux dans la grande allée. Le luxe des voitures augmente tous les jours, les harnais d'argent, les galons d'or brillent au soleil.

Dans une calèche portant la couronne royale, conduite brillamment par un cocher en livrée bleu foncé, rouge et or, accompagnée de piqueurs et de valets de pied, apparaît une gracieuse jeune femme aux yeux bleus, aux cheveux châtain-doré assise à côté d'un jeune homme, d'une figure

noble et militaire, encadrée de favoris blonds, auxquels s'ajoutent de fines moustaches.

C'est le duc et la duchesse d'Orléans.

La duchesse, fidèle aux traditions de l'époque, porte déjà un chapeau de paille — une fine paille de riz blanche à long saule — marabout rose. Sa taille élancée est serrée dans une redingote de mousseline blanche doublée de soie rose. Mais comme l'air paraît un peu froid, un mantelet doublé d'hermine est placé près d'elle pour le retour.

Un jeune lieutenant-colonel passe en uniforme au grand galop, suivi de tout un groupe d'officiers.

C'est M. le duc d'Aumale, avec MM. Reille et Bocher. Il vient de gagner ses éperons en Algérie, il ne va pas à Longchamp, il dédaigne ces plaisirs mondains, mais il traverse les Champs-Elysées pour affaire de service.

Dans une calèche, attelée en poste avec des chevaux fringants, un courrier superbe, voici une femme portant une toilette sévère. Sa physionomie intelligente et mystérieuse semble dire :

« Savez-vous qu'il s'agit du destin d'un Empire ? » On la nomme la princesse de Lieven, l'Egérie de M. Guizot.

Quelle jolie femme ! quelle jolie toilette! Blonde, tout en bleu de ciel. Un petit chapeau de crêpe lisse, à la nouvelle mode, une auréole de marabouts et de dentelles d'or autour du visage, ses longues boucles à l'anglaise descendant sur son *spencer* de taffetas bleu clair, sa jupe à huit volants, tout dit que voilà une *merveilleuse*. Mme la comtesse Le Hon fait un moment arrêter sa calèche pour échanger quelques mots avec un jeune cavalier, d'une tournure très séduisante. On l'appelle le comte de Morny.

Encore un attelage à quatre. Celui-ci conduit la duchesse de Galliera et la jeune Mme Thiers. Mme Thiers, ravissante, coiffée en demi-bandeaux, une redingote de levantine gris perle posée sur une robe de mousseline de laine de même couleur. Chapeau à saule lilas. Collerette de dentelle.

La comtesse de La Riboisière a sur le devant de sa calèche un colossal bouquet de violettes de Parme et de camélias, hommage fleuri de son platonique adorateur, le baron Gourgaud.

La comtesse Merlin, en sa qualité de créole, aime les choses excentriques. Sur sa robe de soie fond or courent des flammes du Vésuve. Une écharpe de velours noir, doublée de satin feu entoure sa taille. Sa grande capote de satin couleur d'or jette une ombre sur son front. La comtesse n'a pas besoin du Vésuve pour incendier les cœurs. Le feu de ses yeux noirs suffit.

Parmi les étrangères de grande importance, voici la jeune comtesse Appony, belle-fille de l'ambassadeur d'Autriche; la comtesse Samoyloff, l'illustre fille des Pahlen, belle comme une déesse de marbre, dorée par le soleil.

La comtesse, quoique née dans les neiges de Russie, a les yeux de velours, les cheveux de jais, le teint ombré d'une Italienne.

En grande rivalité avec la duchesse de Dino, c'est à son sujet que le prince de Talleyrand dit ce joli mot :

Montrant à un ambassadeur la brune Moscovite et la blanche Parisienne.

— Voyez, dit-il, la supériorité du satin français sur le cuir de Russie.

La princesse de Ligne, ambassadrice de Belgique, donne le ton pour ses livrées, ses toilettes, la tenue parfaite de sa maison. Les jeunes femmes et les *lions* du jour s'empressent de la saluer ; chacun désire une invitation à ses bals de printemps, si délicieux, dans son hôtel des Champs-Elysées.

Voici encore un séduisant visage encadré dans un chapeau de paille et de velours noir, une robe charmante de pékin saphir, à manches justes, et un mantelet garni de zibeline. Le duc d'Orléans salue cette jeune femme avec une grâce extrême. C'est la jolie duchesse de Valençay.

Dans la calèche suivante, le sourire est sur toutes les lèvres, l'esprit dans tous les yeux. L'une à côté de l'autre sont assises Mme Delphine de Girardin et la comtesse de Thorigny, cette frêle beauté qui disparut si vite et laissa tant de regrets ! En face d'elles, Balzac avec sa célèbre canne, et l'ambassadeur d'Espagne.

Le jeune comte Walewski conduit lui-même son phaéton, mais il a peine à s'éloigner d'une voiture assez modeste, où seule, assise dans une pose ravissante et sculpturale, drapée dans les plis d'un cachemire, on voit apparaître la tête de camée aux yeux de flammes de Mlle Rachel.

Le marquis de Mac-Mahon vient de saluer jusqu'à terre. Qui donc ? une princesse ? Non, la toute belle et radieuse étoile nouvelle qu'on nomme Mlle Plessy.

Les voitures vont si vite qu'on a peine à reconnaître les femmes. Les plus jolies, cependant, jettent un rayon en passant.

On entrevoit Mme de Fitz-James, en chapeau Charlotte Corday, très crâne dans sa façon d'adopter les modes ; la comtesse Duchâtel, chérissant les toilettes claires, qui s'harmonisent avec son teint de blonde. Elle a mis une toilette de taffetas zinzolin à rubans *bergère* ; la princesse Bagration, plus pâle que jamais — un albâtre vivant. —

Mme de Vatry, Mme de Courval, Mme Liadières, enveloppée de dentelles noires, — une capote de dentelle, couronnée de roses thé, posée sur ses cheveux noirs, la jeune comtesse d'Haussonville jetant sur cette foule brillante ses grands yeux de pervenche, pleins de lumière, la comtesse Berthier, la baronne de Mackau, la marquise de Lauriston, la marquise de Reggio, Mme Moitessier, la comtesse Siméon, Mme Martin du Nord, la duchesse d'Istrie, Mme Paul Delaroche, etc.

Mme de Rambuteau ne compte point parmi les jolies femmes, mais elle compte à bon droit parmi les plus spirituelles de Paris.

Les modes sont trouvées fort bariolées et assez excentriques. On a inventé les robes à volants. Le faubourg Saint-Germain en met trois, mais la finance va jusqu'à huit ! Ce qui fait frémir d'horreur les douairières. Toutes les femmes portent de longues boucles poétiques, mais, hélas ! facilement défrisées par le vent printanier. Sur les chapeaux, se montrent des jardins entiers : fleurs, fruits, dentelles et plumes.

Aux manches à gigot d'antan ont succédé les manches collantes, mais la collerette à la Pierrot conserve sa position acquise par de longs succès. Les jupes toujours courtes laissent voir les petits pieds chaussés de souliers de chevreau glacé, découverts, et de bas de soie à jours.

Les bijoux manquent de grâce. On ne voit que chouettes, chimères, dragons, serpents et lézards en or de teinte verdâtre.

Les couleurs des toilettes sont trop crues et cette harmonie si délicieuse qu'on admire dans les toilettes actuelles manque absolument aux robes du Longchamp de 1841. Il y a ce qu'on peut appeler d'affreux mélanges du vert épinard, du rouge carotte et du rose tendre — réunis, mais non alliés, — un peu de ridicule, je l'ai dit. Mais les charmantes héroïnes de Musset, de Balzac, de Gautier, possédaient la grâce et la poésie ; leur âme sentait bon. A présent qu'elles sont grand'mères, elles restent jeunes, — par l'esprit, par une certaine ignorance des choses qu'on sait trop. Sans doute, elles ont eu leurs rêves comme les autres, mais ce serait être bien poli que d'appeler des rêves les réalités trop positives d'aujourd'hui.

LA VALLÉE

DE

MONTMORENCY

Les environs de Paris font, à la grande ville, une poétique ceinture de verdure et d'ombrages. Rien de plus charmant que ces villages et ces prés fleuris, qu'arrose la Seine.

Tous méritent une attention particulière, tous sont remplis de paysages séduisants, de souvenirs gracieux ou illustres, tous peuvent raconter sur le passé des histoires attachantes et chanter le refrain de Béranger :

> Il s'est assis là, grand'mère,
> Il s'est assis là.

De tous les environs de Paris, la vallée de Montmorency est peut-être celui qui offre aux Parisiens, en rupture de ville, les plus pittoresques aspects et les plus faciles communications.

Malgré ce vieux nom de Montmorency, qui éclate comme une fanfare féodale, la forêt et la vallée sont pauvres en souvenirs du Moyen-Age.

En revanche, les traditions galantes du dix-septième et du dix-huitième siècle y abondent.

Il n'y a guère un village qui n'ait logé quelque grand homme, quelque femme rayonnante, de cette époque d'un si pur rococo.

A Montmorency, ce sont les morceaux divisés du grand parc, qui fut celui du duc de Montmorency-Luxembourg, le noble et généreux protecteur de Rousseau, l'époux de cette délicieuse Mme de Boufflers, la grâce, l'esprit et la bonté en poudre et en paniers.

Au pied de la colline de Montmorency, voici, à la Barre, le petit château de la Chevrette, où aima Mme d'Epinay. — A Eaubonne, le château où aima

Mme d'Houdetot ; à Margency, le petit manoir où Saint-Lambert, le poète des Saisons, doucement se laissa aimer.

A Saint-Leu, s'éleva aussi une princière demeure, aujourd'hui détruite, où la célèbre duchesse de Saint-Leu... suivit peut-être l'exemple de Mmes d'Epinay et d'Houdetot. A Franconville, vécut à la fin du siècle dernier ce poète aimable, le marquis d'Albon, qui fut le dernier roi d'Yvetot.

La forêt et la montagne gardent de plus austères souvenirs.

Andilly, perché sur sa côte escarpée, jette fièrement aux échos des bois séculaires l'austère nom du grand Arnaud ; Saint-Prix, surmonté de sa tour gothique, garde dans un repli de la vallée le petit castel des ducs de Vendôme. Le château de la chasse, perdu dans les bois et les marais, vieille ruine dont parle déjà Eginhard, n'évoque que des souvenirs gothiques.

Entre autres sièges mémorables que le vieux donjon eut à subir, on peut citer celui qu'y soutint contre son père, le baron de Montmorency, ce personnage légendaire que les électeurs conservateurs semblent avoir pris pour modèle :

Jehan seigneur de Nivelle
Qui s'en va quand on l'appelle.

Il ne faut pas oublier avant de quitter le passé, de saluer l'ombre héroïque du maréchal de Catinat, seigneur de Saint-Gratien, ce Romain du siècle de Louis XIV, aussi brave que juste et modeste, se contentant de sa gloire et vivant sans titre et sans faste dans un humble château dont

Mme la princesse Mathilde a trouvé bon de faire des communs.

L'été, tous ces villages dont la réunion forme ce qu'on appelle la vallée : Enghien, Montmorency,

Saint-Gratien, Eaubonne, Susy, Franconville, Saint-Leu, sont inondés de Parisiens. Le flot toujours montant des boursiers et des négociants submerge l'élément paysan.

La gare d'Enghien est un petit Longchamp, où piaffent les chevaux anglais, où miroitent les harnais d'argent, où les modes ultra-parisiennes s'épanouissent dans leur conquérante extravagance.

Quelles robes fleuries de roses et de tournesols, quels bouquets de prunes et de cerises sur le fond écru de batiste, quels étonnants chapeaux en toitures chinoises, en bâches de charrettes et en ailes de moulin à vent !

Paris exporte, à cinq lieues de lui, les plus inouïes de ses fantaisies.

On les croirait destinées aux caprices des Péruviennes et des Chiliennes, ces jolies femmes, en idolâtrie devant les plumages éclatants, sans doute par admiration pour leurs perruches.

La littérature et les arts sont faiblement représentés ; Enghien a eu jadis pour hôtes, M. de Villemessant et M. de Girardin ; mais, à présent, je n'y vois aucun nom littéraire à citer.

M. de Sacy, l'écrivain sénateur, qui habitait à Eaubonne, une vieille maison de simplicité janséniste, n'est plus : il ne reste à la vallée qu'un seul littérateur, M. Gaillardet, l'auteur de la *Tour de Nesle*.

En revanche, les riches banquiers, les grands industriels abondent : le château d'Eaubonne est à M. Gabriel Dehaynin, M. Denière habite à Taverny, les familles Davillers, Dolfus, à Margency et au château de Soisy. A Andilly, le banquier grec, M. Rodokonaki.

Son Eminence le cardinal Guibert possède à Saint-Prix, à côté du château appartenant à la famille Double, une grande propriété nommée la Terrasse.

Un des prédécesseurs du vénéré prélat fut Victor Hugo.

Un jour, au Théâtre-Français, Mme Allan, dépliant un journal, s'écrie :

— Par exemple, je savais bien que M. Victor Hugo pouvait aspirer aux plus grandes situations, mais le journal annonce qu'il se présente pour succéder à Mgr l'archevêque de Paris.

« Je ne sache pas qu'il ait reçu les ordres. »

Mme Allan avait négligé de lire la phrase précédente, où l'on annonçait le remplacement de Mgr de Quelen, membre de l'Académie française.

Dans la vallée de Montmorency, c'est au contraire Mgr l'archevêque qui remplace M. Victor Hugo.

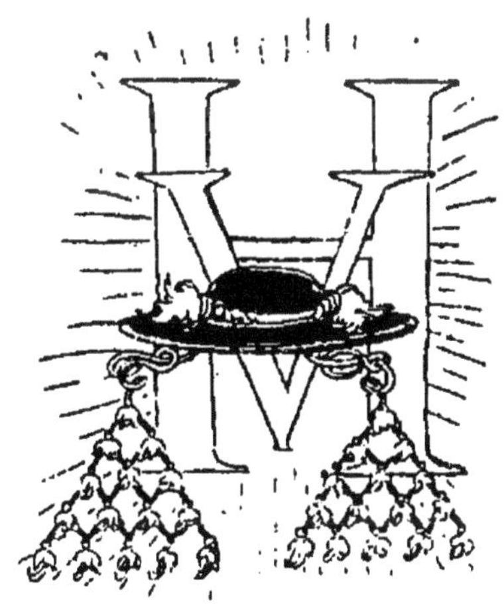

LES ROCOCOS

AVEZ-vous lu les lettres de l'abbé Galiani à Mme d'Epinay ?

Peut-être pas. Il faut les lire. Cela donne idée d'un temps exquis, où les femmes étaient spirituelles sans cesser d'être charmantes. Ah ! Certes, ce n'était pas là « le Monde où l'on s'ennuie. »

Je ne crois pas qu'elles se fussent laissé prendre aux bucoliques nébuleuses qui, sous prétexte de philosophie, enseignent l'amour en douze bâillements.

Quand elles se hasardaient sur le fleuve du Tendre, elles savaient ce qu'elles faisaient, et si elles partaient pour Cythère, c'était dans le galant équipage peint par Watteau, et non avec un cahier de notes et un volume de Shoppenhaüer sous le bras. Comme Bias, sage de la Grèce, elles portaient tout avec elles : esprit et cœur, charme et gaieté.

Les Mémoires de Mme d'Epinay — qu'on aura raison de lire avant les lettres de l'Abbé — peignent bien la femme de l'époque, celle qui correspond à la femme du monde d'aujourd'hui. — Mme d'Epinay n'est pas précisément une grande dame, elle est de « finance, » fille et femme de fermiers-généraux, conquérant la noblesse à coup de lingots.

Les Mémoires, plus attachants qu'un roman, semblent une série d'aquarelles de Moreau le Jeune. La vie s'encadre dans le luxe raffiné de l'époque. On s'éveille sous les courtines de soie Dauphine à bouquets, on se mire dans les glaces à trumeaux, on s'assied dans ces bergères en tapisserie où les Némorin et les Estelle se courtisent sur un fond d'azur. On dîne autour d'une table chargée d'argenterie contournée, avec des amours, des dauphins, des coquillages formant un brillant cortège aux figurines du surtout de Saxe royal.

Partout des boiseries sculptées, accrochant des guirlandes de fleurs au-dessus des portes, fleurissant de touffes de roses et de lis les boudoirs et les chambres de repos ; partout des peintures, des brocarts, des bronzes ciselés, des chiffonnières et des bureaux rococo, enfin, une profusion de toutes ces choses que nous payons à présent des sommes folles. Et ces choses ayant encore la fraîcheur de la nouveauté.

Aujourd'hui la fantaisie du dix-huitième siècle nous attire.

Ce n'est pourtant qu'une grand'mère, vieillie, fanée, connue. C'était au temps de Mme de Pompadour, une beauté éclatante et imprévue. La fantaisie venait de naître, empreinte de toute son originalité.

On me reproche de trop chérir le dix-huitième siècle.

Suis-je le seul à regretter ce noble temps où l'aristocratie — jusque-là hautaine — pria l'esprit de s'asseoir à côté d'elle et le déclara suzerain comme elle, ce temps où l'argent n'était pas tout et restait, en humble valet, serviteur de l'héroïsme qui donnait son sang, et de l'intelligence, qui donnait ses idées.

Je ne suis pas seul de mon avis, et si on fondait un cercle de *Rococos*, je crois que, grâce au ciel, il serait assez nombreux. Le *Figaro*, d'abord, peut s'appeler un rococo. — N'est-il pas le fils de Beaumarchais ? N'ose-t-il pas avoir de l'esprit, dans un temps où l'on se croit

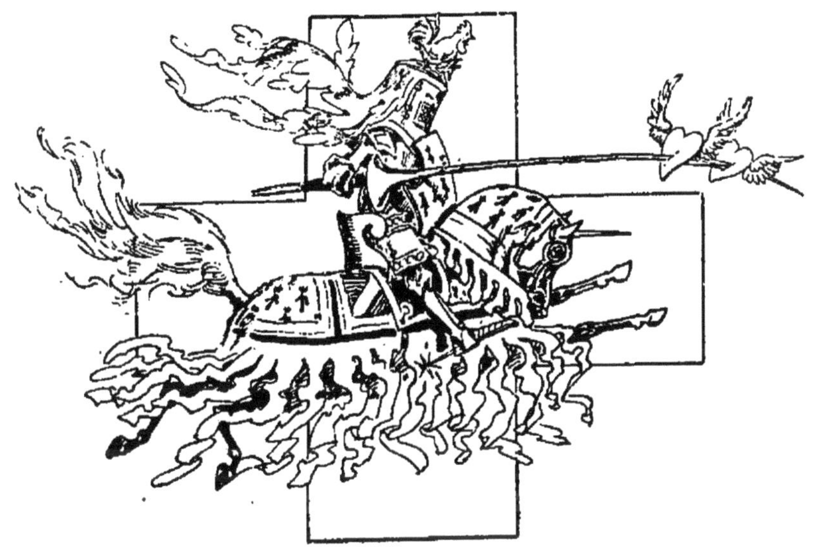

obligé d'être lourd et banal pour paraître sérieux ?

L'Académie française est très rococo. Je trouve qu'elle a raison de s'en vanter. Elle représente l'alliance du passé avec le présent. Elle a mission de faire respecter les illustres souvenirs — comme elle a le devoir d'accueillir les célébrités nouvelles. Ses traditions méritent le respect. Elles font partie de ses titres de noblesse. En comptant bien, il n'y a que deux hommes de génie qui manquent à sa gloire : Molière et Balzac.

Elle est et restera toujours rayonnante, puisqu'elle est le brillant foyer des lettres françaises. Et comme l'a dit un des Quarante : Est-ce être vieux que d'être immortel ?

Tous les collectionneurs des reliques léguées par les siècles — sont des rococos.

Rococos : M. le duc d'Aumale, M. le duc de Noailles, M. Alph. de Rothschid, M. le comte d'Armaillé, M. Richard Wallace, M. le baron Pichon, M. le vicomte de Janzé.

Bien rococos : le château de Maintenon, l'hôtel Lambert, Ferrières, Mouchy, Broglie, Dampierre et Coppet.

Que dire de ce rococo nommé Octave Feuillet,

dont les romans s'attachent aux sentiments, élèvent la dignité humaine et peignent les douleurs d'autant plus amères des femmes de l'aristocratie qu'il leur est commandé de les taire et de les cacher.

Et M. de Goncourt, ce curieux, dont la maison, le style, les goûts, les idées sont absolument dix-huitième siècle ?

Et M. Arsène Houssaye, qui fait vivre des marquises du Petit Trianon dans le Paris moderne ?

Et M. Emile Augier qui a écrit l'*Aventurière*, la *Ciguë* et *Philiberte*, des joyaux en vers, se passant dans des temps où le boulevard Malesherbes était inconnu.

Et, enfin, le grand des grands, M. Victor Hugo, le novateur audacieux de 1830, n'est-il pas le rococo d'aujourd'hui ?

Parlerai-je de ce ciseleur nommé Théodore de Banville, et ce poète fantaisiste appelé Auguste Vacquerie ? Rococos ! jusqu'aux moelles.

Je crains fort que dans l'ordre moral beaucoup de sentiments ne soient qualifiés de rococos. La politesse, l'exquise urbanité de nos pères, où est-elle ? Nous sommes des Américains de la rue Saint-Denis.

Eux, du moins les Yankees, ont l'ardeur, l'invention, la hardiesse. Ils défrichent des forêts vierges et perfectionnent des câbles sous-marins.

Ils n'ont guère le temps de raffiner sur le raffinement — mais nous! — Du fond de notre routine, nous copions les façons sans-gêne de nos amis du Nouveau-Monde. Attendons que nous ayons conquis un continent.

J'ai peur que l'honneur ne soit devenu très rococo. Quant à l'amour ? Il faut vraiment un courage de Chevalier des Croisades pour être amoureux dans ce temps-ci !

Les plus jolies femmes du grand faubourg Saint-Germain et du brillant faubourg Saint-Honoré savent-elles que leurs toilettes sont terriblement rococos ? Chapeaux calèches, Gainsborough et Lamballe, mantelets Lecksinska, polonaises Mailly, fichus Marie-Antoinette, coiffure Watteau, corsages à nœuds Dubarry. Lévites Jean-Jacques, capuchons Clarisse Harlowe, ombrelles-cannes à corbin de vieux Saxe, souliers Duchesse, bas Camargo, étoffes peintes dans le genre des toiles de Jouy, jupes à paniers, flots de dentelles « aux soupirs étouffés », fagots de fleurs à l'épaule, poufs de plumes sur la tête, éventails arrachés aux coffrets des aïeules, bijoux tirés de leurs écrins, parfums ambrés qu'elles chérissaient, — un œil de poudre, un brin de rouge et parfois même autant de finesse railleuse. N'est-ce pas à s'y méprendre ?

Et puisque les plus spirituels, les mieux avisés, parfois les plus illustres, les plus belles et les plus aimables sont tous plus ou moins rococos, j'aurais trop de plaisir à me trouver dans leur compagnie pour ne pas déclarer que je le suis aussi.

NOTES ET CROQUIS

S. M. L'IMPÉRATRICE D'AUTRICHE

Le portrait de l'impératrice Elisabeth d'Autriche a été fait bien souvent — par de grands pinceaux et des plumes illustres — je n'essayerai pas de le refaire, tout au plus pourrais-je tracer de cette royale figure une esquisse rapide.

Elle est la plus belle souveraine du monde, mais ce n'est pas dans les splendeurs de ses dentelles de cour et de ses pierreries héréditaires, qu'on aime à se la représenter. C'est dans le costume de drap sombre des châtelaines d'autrefois, conduisant avec sa fierté et sa bravoure incomparables un cheval fougueux.

Les grandes plaines de la vieille Hongrie l'attirent invinciblement. Elle y fait des chevauchées du temps des preux, elle y a des audaces d'héroïne, elle court bride abattue sous ces ombrages centenaires, sauvages comme des forêts vierges, sautant les haies et les fossés, les buissons et les ruisseaux, enivrée d'air pur, de senteurs sylvestres et de danger.

Quelle apparition dans le terre-à-terre de notre époque, que cette chevaleresque beauté, imposante comme la Fée des Forêts Noires et bienfaisante comme elle !

Son cheval qui fuit si souvent les palais s'arrête toujours à la porte des chaumières.

Elle est le rayon de soleil pour ceux qui souffrent. Elle aime mieux les timides actions de grâces des petits que tous les hommages des grands.

Ce cœur de femme si doux, qui bat si fort sous son corsage d'amazone et qui aime si bien, garde dans un coffret splendide non pas quelque joyau de prix, mais un petit bouquet d'edelweiss — fleur de montagne, blanche, humble, délicate, goutte de neige embaumée, que les paysans d'Autriche attachent à leur habit en signe d'amour.

La petite touffe d'edelweiss lui a été offerte par l'empereur François-Joseph, alors qu'ils étaient fiancés.

L'Impératrice, depuis deux ans, va chasser en Irlande.

Cette année, elle résidera à Combermere-Abbey.

Le vicomte Combermere n'a pas osé offrir l'hospitalité à Sa Majesté Apostolique. Il a demandé le prix le plus modique, un prix insignifiant. C'est une gracieuse et respectueuse façon d'entendre l'hospitalité.

Vingt grooms et vingt chevaux ont précédé l'Impératrice, dans sa résidence irlandaise. Sa suite est composée d'environ quarante personnes de rangs très différents, depuis les chambellans et les dames d'honneur jusqu'aux marmitons.

L'impératrice Elisabeth déteste le bruit, excepté le son du cor dans la forêt — le rallye — la royale ou l'hallali, les aboiements des chiens et les piaffements des chevaux.

Pour atténuer tous les bruits dans le château, on a couvert les pavés des cours, les parquets des galeries et les corridors de tapis de feutre.

L'Impératrice occupera l'appartement de la vicomtesse Combermere. Trois ou quatre pièces sont consacrées à la toilette de Sa Majesté, toilette dont les habits de chasse, les feutres empanachés, les cravaches et les éperons composent le fond, excluant volontiers les bijoux et les dentelles.

L'Impératrice, belle autant qu'elle l'a jamais été, a conservé son triple diadème de tresses superposées.

On la comparerait à l'Herminie du Tasse, si elle était blonde. Sa tête brune et son charme fier sont peints dans ces vers :

> Sous la tresse d'ébène, on dirait à la voir,
> Une jeune guerrière avec un casque noir!

Malgré ses goûts de chasseresse, la femme se retrouve dans quelques détails gracieux. Tous les jours, la princesse attache à son corsage trois roses thé, qui doivent lui être fournies en toute saison, n'importe où elle se trouve.

Un éventail est toujours suspendu à la selle de son cheval. Il est aux couleurs d'Autriche et lui sert souvent à abriter ses yeux fatigués par le soleil.

Le vieux réfectoire de Combermere-Abbey, du style gothique le plus remarquable avec ses sculptures de chêne noir, a été transformé en bibliothèque depuis plusieurs années.

Quand le temps ne permettra pas à la souveraine de monter Molda, sa jument favorite, et de galoper dans les halliers, suivie de ses chiens de chasse, elle trouvera sur les rayons de la bibliothèque de quoi occuper ses loisirs et charmer ses rêveries. L'Impératrice a l'imagination aventureuse. Elle aime les poètes d'autrefois, les légendes du temps passé, peut-être parce qu'elle est une poésie vivante, échappée à quelque légende oubliée.

LES DIAMANTS DE LA COURONNE

Les diamants de la Couronne sont décrétés d'accusation. On les tient prisonniers au fond des caves du ministère des finances. Ces rayons restent ensevelis dans les ténèbres, pour expier le périlleux honneur d'avoir éclairé le front des reines.

On va les juger, les condamner et les expulser, comme si les diamants de la Couronne ne faisaient pas partie de la fortune insaisissable de la France, au même titre que les tableaux du Louvre et les collections des Musées.

Inutiles cailloux, dira-t-on. Ces cailloux, qui semblent des morceaux d'étoiles, ou des gouttes d'eau ayant arrêté le soleil au passage, racontent notre histoire en radieux caractères. N'est-ce pas assez pour gagner leur cause et rester parmi nous?

On pourrait écrire un volume entier sur les diamants de la Couronne. Quelque esprit érudit le tentera sans doute un jour.

Je noterai seulement les particularités les plus importantes de leur état civil.

Avant de commencer, je tiens à remercier M. Germain Bapst, dont le savoir et l'obligeance ont extrêmement facilité ma tâche de curieux.

Depuis le premier inventaire des diamants de la Couronne, fait en 1692, jusqu'au dernier, qui date de 1875, tout le dossier concernant ces pierreries illustres est entre les mains de M. Germain Bapst, chef aujourd'hui de cette digne famille des joailliers de la Couronne qui compte deux cents ans de loyaux services.

J'ai vu le dessin de tous les joyaux exécutés pour les trois derniers sacres et de toutes les parures portées par les souveraines. J'ai feuilleté les différents inventaires et j'ai pu me rendre compte de la valeur de chaque gemme. Il faut bien reconnaître que l'estimation fictive dépasse de beaucoup l'estimation positive.

Il faut bien établir la différence entre les pierreries de la Couronne et celles qui appartenaient particulièrement aux princesses.

Marie-Antoinette n'a jamais emprunté au Garde-Meuble que vingt-deux diamants. Tous ses autres joyaux étaient sa propriété personnelle. La plupart ont disparu à la Révolution.

On m'a montré chez M. Bapst le dessin du fameux et fatal collier. Il devait être ravissant. D'abord, une rangée de chatons énormes se serrait au cou, en collier de chien ; des pendeloques y étaient suspendues. Puis deux rangs de diamants moins gros descendaient de chaque côté sur le corsage où ils se terminaient par de gros glands en diamants; des nœuds de ruban rose pâle, à *la pastourelle*, retenaient les glands de diamants et attachaient la garniture de corsage au collier.

Ce mélange d'un ruban modeste avec l'éblouissante richesse des pierreries produisait un contraste d'une grâce infinie.

On le sait, ni les féeriques joyaux ni les deux nœuds de houlette ne furent portés par Marie-Antoinette.

Cette belle parure, œuvre d'art, mutilée, dérobée, n'eut jamais la gloire d'entourer le cou royal.

Hélas ! quel pronostic tragique et quelle terrible prophétie dans les emblèmes !

La souveraine ne devait recevoir de son peuple que le collier rouge du martyre.

L'histoire du Régent, du Sancy, des Mazarins est trop connue pour que je la rappelle ici.

Disons seulement que le Régent est estimé conventionnellement douze millions, mais qu'on aurait, à ce qu'on croit, bien de la peine à trouver acquéreur, même pour le douzième de cette somme.

En 1691, sur l'inventaire le plus ancien qui existe, le total des diamants appartenant à la Couronne s'élevait à 1,420,000 fr.

L'achat du Régent fait en 1717 pour 3,375,000 francs augmenta la collection, et en 1774, par suite de divers achats, l'inventaire portait 15,508,710 francs; le Régent y était alors compris pour la somme de 6,000,000.

En 1791, la collection des diamants de la Couronne fut estimée par M. Ménière, 29,000,000, elle se composait de 9,547 brillants, 506 perles, 230 rubis, 134 saphirs et 150 émeraudes. Dans cette collection étaient compris les objets d'art, dont une grande partie orne aujourd'hui les vitrines de la galerie d'Apollon.

Napoléon Ier voulut, à l'exemple de Louis XIV, porter au sacre les joyaux de la France. Le diadème de l'impératrice Joséphine était si lourd qu'elle en eut la tête meurtrie.

Une couronne de diamants et de saphirs, montée dans le style Louis XVI fut donnée par Napoléon à la reine Hortense.

La duchesse de Saint-Leu vendit cette parure à la duchesse d'Orléans, Marie-Amélie — qui la plaça plus tard, dans la corbeille de mariage de la duchesse de Montpensier. Elle appartient aujourd'hui à sa fille, Mme la comtesse de Paris.

En 1815, M. Bapst, chargé de l'inventaire, estima les pierreries 20,700,000 fr.

Pour le sacre de Charles X, elles furent montées de nouveau et les dessins remplissent un album entier.

Les diamants furent déposés dans la maison Bapst, en 1814, et y restèrent jusqu'en 1832, gardés par un détachement de cent-suisses, et plus tard, par des soldats de la ligne. Après l'échauffourée de la rue Saint-Merri, M. Bapst demanda qu'on voulût bien lui retirer ce dangereux et trop précieux dépôt.

Louis-Philippe ne porta jamais les diamants de la Couronne. L'impératrice Eugénie, au contraire, s'en para très souvent. Qui ne se souvient de sa lumineuse beauté dans ses robes blanches étincelantes comme la neige des Alpes aux feux du midi?

L'histoire de la ceinture copiée sur celle d'une reine de féerie est absolument une fable.

L'inventaire de 1875 porte le chiffre de 21,211,000 francs.

Une antique superstition chez les Romains déclarait que certaines pierres précieuses attiraient la foudre.

Qui osera acheter ces reliques éblouissantes, et tant de fois foudroyées, — que si la gloire y a laissé ses rayons, le malheur semble y avoir cristallisé des larmes et enchâssé des gouttes de sang.

Comme les lambeaux de pourpre et les bouquets flétris, les pierreries ont leur éloquence.

Pas plus que les particuliers, les nations n'ont le droit de vendre leurs souvenirs.

S. M. L'IMPÉRATRICE DE RUSSIE

Samedi, 26 novembre 1881, a été célébré le jour anniversaire de la naissance de l'impératrice Marie-Féodorowna qu'on appelait avant son mariage la princesse Dagmar.

Cette jeune Majesté porte un nom déjà cher à la Russie. La première Marie-Féodorowna, femme et veuve de l'empereur Paul 1er, mère de l'empereur Alexandre, de généreuse mémoire, fut la fondatrice et l'active protectrice de la plupart des établissements d'éducation pour les jeunes filles. L'amour filial du mystique Tzar plaça toutes ses bonnes œuvres sous l'invocation de la compagne si belle, si noble et si pure de son père. Elle trouva dans l'exercice de la charité une diversion d'épouse méconnue et de veuve inconsolée et inconsolable.

La destinée de l'Impératrice actuelle est bien différente. Adorée de son mari, qu'elle aime de toutes les forces de son cœur, elle jouit d'un bonheur intime aussi complet dans son intensité, que bourgeois dans sa mise en scène.

L'amour de deux âmes sincères, tendres et profondes, est une si sublime réalité, qu'il ne reste rien à souhaiter au-delà.

Le prestige de la puissance absolue, les splendeurs du trône le plus magnifique de l'Europe, plaisent mille fois moins à la jeune Czarine qu'une douce soirée d'intimité auprès de son mari, entourée de ses enfants. Le triple diadème de pierreries ne vaut pas la couronne de roses où l'amour pur et partagé a le droit de mettre un baiser.

L'Impératrice, cependant, arbitre d'une cour brillante et raffinée, qui chérit les fêtes et la pompe des palais, réunira autour d'elle sa noblesse après son deuil. Les cérémonies du couronnement sont annoncées pour le mois de juin. Là se rassembleront de nouveau près du trône les illustres et fidèles sujets du Czar.

La popularité de Marie-Féodorowna est tellement grande, qu'aucune souveraine avant elle n'a trouvé sur sa route tant et de si touchants témoignages de l'amour de son peuple.

Quoique frêle de formes, la czarine possède une admirable santé. Vraie fille du roi de la mer, aguerrie à toutes les fatigues, elle supporte le froid comme une immortelle trempée dans quelque fleuve magique. Elle chasse, navigue, monte à cheval, sans jamais se dire lasse, et sa bravoure ne s'inquiète jamais d'aucun danger. Femme, et jolie femme, elle possède, pour s'habiller, autant de goût que sa royale sœur la princesse de Galles. Elle chérit notre Paris, pour son esprit et pour ses toilettes.

J'ai déjà eu l'honneur de tracer une esquisse de S. M. Moscovite et je n'y reviens pas. Toutes les pensées, toutes les actions de sa vie se rapportent à un but unique : l'Empereur.

Dans la pauvre Russie ébranlée, c'est une étoile qui brille sur un volcan. Puisse la pure lumière céleste triompher de la flamme infernale !

Une messe a été célébrée à Paris, à l'occasion de la fête de l'Impératrice, à l'église de la rue Daru. Le prince Orloff y assistait ainsi que tous les Russes présents à Paris : la princesse Menschikoff, la princesse Lise Troubetzkoï, son fils et sa fille, la princesse Bariatinsky, la comtesse Orloff, la comtesse Dénissoff, etc.

La Cour de Russie a pris ses quartiers d'hiver à Gatchina, un château construit par la grande Catherine, mais refait à la mode de Windsor.

C'est là que l'empereur Paul a vécu, exilé du palais de sa mère, privé de tout plaisir et de toute influence. C'est là qu'il a aimé d'un amour romanesque une demoiselle d'honneur, qui n'était pas jolie, mais qui possédait un esprit vif et délicat, un cœur accessible à la tendresse, un caractère d'une habile douceur.

L'empereur Nicolas tenait sa cour à Gatchina en automne, une cour vraiment impériale, très magnifique, où la galanterie n'excluait pas la politique (elle y aidait peut-être), où la musique et la comédie servaient à réunir des patriciennes moscovites, des personnages de haute importance qui refaisaient avec un air diplomatique et gracieux, la carte de l'Europe à leur profit.

Il arrivait aussi que leurs désirs allaient trop vite et trop loin, comme beaucoup de désirs. — C'est à Gatchina que fut projetée la guerre de Crimée.

C'est là encore que l'empereur Nicolas éprouva pendant la défense héroïque de Sébastopol, toutes les angoisses dont il devait mourir. Là arrivaient les courriers porteurs de dépêches douloureuses, de bulletins de deuil et de malheur.

Combien de choses raconteraient les murs du vieux palais si tous les portraits qui le décorent descendaient de leur cadre !

Aujourd'hui, on sait que les Majestés actuelles y résident, mais voilà tout.

Le chemin de fer, en passant laisse voir une cour plus éclairée par la lumière Jablochkoff que par le jour. Personne n'y passe. On n'y laisse entrer personne. Quelques favoris entourent l'empereur. On craint qu'ils ne laissent pas pénétrer la vérité ou du moins toute la vérité jusqu'au Czar.

Son âme droite, généreuse et honnête l'entendrait certainement et pourrait plus aisément accepter les réformes nécessaires.

ACHEVÉ D'IMPRIMER

SUR LES PRESSES DE

DARANTIERE, IMPRIMEUR A DIJON

le 3 juin 1882

POUR

ÉD. ROUVEYRE ET G. BLOND

LIBRAIRES-ÉDITEURS

A PARIS

LISTE DES ÉDITIONS

D'AMATEURS & DE BIBLIOPHILES

Publiées par

ED. ROUVEYRE & G. BLOND

ÉDITEURS

98, rue de Richelieu, PARIS.

ŒUVRES CHOISIES DES ÉCRIVAINS CONTEMPORAINS

L'Amour romantique, par Léon CLADEL, préface par O. UZANNE, illustrations de A. FERDINANDUS.

SCIENCE DES GENS DU MONDE

Traité complet de la Science du Blason.

Connaissances nécessaires aux Amateurs d'Objets d'art, par A. OPPENHEIM.

Connaissances nécessaires à un Bibliophile, par Ed. ROUVEYRE. — 2 vol.

CURIOSITÉS PARISIENNES

Le Théâtre des Boulevards, avec Préface par G. d'HEYLLI. — 2 vol.

PETITS CHEFS-D'ŒUVRE DU XVIIIe SIÈCLE

Les Quatre Heures de la Toilette des Dames, par DE FAVRE, illustrations de LECLERE.

Le Tableau de la Volupté, ou les Quatre Parties du Jour, par DU BUISSON, illustrations de EISEN.

Zélis au Bain, par le marquis DE PESAY, illustrations de EISEN.

CHRONIQUES DU XVIIIe SIÈCLE

Collection complète en quatre volumes, publiée par ROGER DE PARNES, avec préface par Georges d'HEYLLI.

La Régence, illustrations de Marius PERRET.

Gazette anecdotique du règne de Louis XVI, illustrations de MESPLÈS.

Le Directoire, illustrations de LE NATUR.

DOCUMENTS SUR LA COUR ET LA VILLE AU XVIIIe SIÈCLE

Collection complète en cinq volumes.

La Comédie et la Galanterie, par Ad. JULLIEN.

Mémoires du duc de Lauzun, préface par G. D'HEYLLI.

La Ville et la Cour, par Ad. JULLIEN.

La Société galante et littéraire, par H. BONHOMME.

L'Opéra secret, par Ad. JULLIEN.

LES RUELLES AU XVIIIe SIÈCLE

Deux volumes, par Léon DE LABESSADE, préface par Alexandre DUMAS fils, de l'Académie française.

CONTES GAILLARDS ET NOUVELLES PARISIENNES

Chair à plaisir, par L.-V. MEUNIER, illustrations de FERDINANDUS.

Joyeux Devis, par MASSIAC, illustrations de LE NATUR.

Le Mal d'aimer, par René MAIZEROY, illustrations de COURBOIN.

Le Péché d'Ève, par Armand SYLVESTRE, illustrations de ROCHEGROSSE.

Doux Larcins, par FLIRT, illustrations de LE NATUR.

. . . . par René MAIZEROY, illustrations de JEANNIOT.

Miettes d'Amour, par L.-V. MEUNIER, illustrations de FERDINANDUS.

BIBLIOTHÈQUE DU BOUDOIR

Carnet d'un Mondain, par ETINCELLE, illustrations de A. FERDINANDUS.

PUBLICATIONS PÉRIODIQUES

L'Intermédiaire des Chercheurs et Curieux (Directeur : Carle DE RASH ; Gérant : Ed. ROUVEYRE).

Miscellanées bibliographiques, publiées par Ed. ROUVEYRE et O. UZANNE.

ÉCRIN DU BIBLIOPHILE

Trois dizaines de Contes gaulois, illustrations de LE NATUR.

PARIS — ARTS-LETTRES-SPORT

Les Hommes d'Épée, par le baron DE VAUX.

Dans cette collection paraîtront successivement : *Les Gens de Lettres. — Peintres et Sculpteurs. — Acteurs et Actrices. — Les Salons de Paris.*

BIBLIOTHÈQUE DE L'AMATEUR DES LIVRES

Le Luxe des Livres, par DERÔME.

Connaissances nécessaires à un Bibliophile, 2 vol., par Edouard ROUVEYRE.

Histoire de l'Ornementation des Manuscrits, par F. DENIS.

Recherches bibliographiques sur des Livres rares et curieux, par P.-L. JACOB, bibliophile.

Catalogue des ouvrages condamnés, par F. DRUJON.

Manuel du Cazinophile, par A. COROENNE.
Histoire de l'Imprimerie, 2 vol., par Paul DUPONT.
De la Matière des Livres, par un Bibliophile.
Guide du Libraire antiquaire et du Bibliophile, par J. DE BEAUCHAMP et Éd. ROUVEYRE.
Les Amateurs de Vieux Livres, par P.-L. JACOB, bibliophile.
Un Bouquiniste parisien, par A. PIÉDAGNEL.
Reliure d'un Montaigne à l'S barré, par l'abbé DULAC.

BIBLIOTHÈQUE DE L'AMATEUR D'ART

Les Tapisseries françaises, par le baron DE BOYER DE SAINTE-SUZANNE.
Les Tapisseries d'Arras, par l'abbé VAN DRIVAL.
De la poterie gauloise, par DU CLOUZIOU.
Traité de Décoration sur Porcelaine et Faïence, par CHANVRIGNÉ.
Description des Collections des Sceaux-Matrices, de M. DONGÉ, par J. CHARVET.
Ameublement et Décoration des Appartements, par J. GUICHARD.
La Verrerie antique, description de la collection CHARVET, par W. FROEHNER.
Statues et Vases de bronze, par W. FROEHNER.
Notes d'un Curieux, par le baron de BOYER DE SAINTE-SUZANNE.

OUVRAGES DIVERS

Les Surprises du Cœur, par O. UZANNE.
Le Droit du Seigneur, par Léon DE LABESSADE.
Le Bric à Brac de l'Amour, par O. UZANNE.
Idée sur les Romans, par DE SADE.
Du Mariage, par un Bibliophile du XVIIIe siècle.
Le Calendrier de Vénus, par O. UZANNE.
Ce sont les Secrets des Dames, réimpression gothique.
Poésies de Prosper Blanchemain, 2 vol.
Caprices d'un Bibliophile, par O. UZANNE.
Coups de Plume indépendants, par A.-J. PONS.
Les Fleurs boréales, par FRÉCHETTE.
Art de vivre longtemps, par le docteur NOIROT.
Art d'avoir des Enfants sains de corps et d'esprit, par le docteur NOIROT.

www.ingramcontent.com/pod-product-compliance
Ingram Content Group UK Ltd.
Pitfield, Milton Keynes, MK11 3LW, UK
UKHW020332230726
13925UKWH00002B/747